LETTRES

N INDIEN A PARIS,

SON AMI GLAZIR,

LETTRES

D'UN INDIEN A PARIS,

A SON AMI GLAZIR,

Sur les Mœurs Françoises, & sur les Bizarreries du tems. 12118

Par l'Auteur des Lettres récréatives
& morales.

TOME SECOND,

NDE PARTIE.

A AMSTERDAM;
Et se trouve à PARIS,
Chez BRIAND, Libraire, hôtel de
Villiers, rue Pavée Saint - André - des-
Arts, N°. 22.

1789.

LETTRE CXL.

A Glazir.

J'AI été tellement affecté de la derniere aventure dont je t'ai marqué les détails , que cette lettre aura encore pour objet les esprits de ténebres & les Revenans. Jusque chez les sauvages , jusque chez les Hottentots , ces deux peuples si bornés dans leur conception & d'une imagination si courte , on est persuadé que les morts reviennent & qu'on les voit apparoître.

Quant aux nations les plus policées , on trouve dans leurs écrits des histoires relatives à cet objet. Les Romains , comme les Grecs en font souvent mention. Il y a sur-tout Pline le jeune qui rapporte dans ses lettres un fait singulier : il nous dit

V ij

qu'une maison dans Athenes étoit tellement décriée à raison des esprits qui revenoient y faire leur sabbat, que personne n'osoit y loger ; que le philosophe Athénodore, plus hardi que les autres, en prit possession, & que lorsqu'il écrivoit au milieu de la nuit, il apperçut un spectre qui lui faisoit signe d'avancer. Il ajoute que le philosophe continuant toujours son travail, ne l'interrompit que pour suivre le fantôme qui vint prendre sa lampe, & qui, tout en secouant des chaînes, descendit dans une cour, où, après avoir frappé du pied, il disparut.

Athénodore, toujours maître de lui-même, & sans s'effrayer, marqua l'endroit, remonta tranquillement chez lui, s'endormit jusqu'au lendemain, qu'ayant fait creuser dans le lieu, on trouva des ossemens à qui l'on fit donner une sépulture honorable. Tel eſt le récit de Pline, qui le termine par dire que depuis cette époque on n'entendit plus aucun bruit.

Les Anciens crurent long-tems que les ames erroient autour des corps qu'elles avoient habités, lorſqu'ils étoient privés de la ſépulture, ou miſérablement enterrés.

Les brochures ayant épuiſé preſque tous les ſujets, je ſuis étonné qu'a-près nous avoir donné la collection de toutes les féeries & de tous les contes bleus, on ne nous donne pas celle des Revenans; on n'y omettroit ni les ſpectres de du Loyer, ni les ouvrages de Langlet du Freſnoy, ni l'hiſtoire du vampiriſme par Dom Calmet; cette collection prendroit infailliblement, & ce ſeroient les élégantes qui, quoique ayant toutes peur d'avoir peur, demanderoient les livres les plus affreux dans ce genre ; elles aiment singuliérement le merveilleux.

Pour moi, je crois qu'il est impossible que tant de personnes différentes se soient accordées dans tous les pays sur un tel article, sans aucun fondement. Les Juifs & les Chrétiens ont, dans la Bible qu'ils regardent comme un livre sacré, l'apparition du grand prêtre Onias aux Machabées, celle de Samuël à Saül ; & leurs docteurs qu'ils nomment Peres de l'église, & qui étoient très-éclairés ; ne cessent de rapporter des faits très - frappans qu'on ne peut guere infirmer.

Tu sais que plusieurs d'entre nous prétendent qu'ils ont vu des spectres.

Je me souviens de la lamentable histoire de l'infortunée Klaï, qui se trouvant avec ses freres & ses enfans, fut frappée tout - à - coup de l'apparition d'un fantôme qui lui annonça sa mort pour tel jour , & qui la toucha au front de maniere que la trace ne s'en eft jamais effacée. Nous avons vu cette empreinte extrêmement noire , qui avoit l'air d'un chiffre , & elle l'a portée jufqu'à fon heure derniere , arrivée précifément à la date qui lui fut fignifiée.

Ce ne fut point l'effet de l'imagination ; le frere comme les enfans, ont dit mille fois avoir vu cet horrible fpectre qui avoit la forme d'un géant , & qui prononça d'une voix épouvantable les mots qu'il proféra.

Nos Indiens ne s'évanouiffent pas facilement ; mais il faut avouer que bien d'autres auroient expiré de frayeur ; ils penfent que ce fut l'ombre d'un homme que cette femme avoit fait affaffiner.

Mais quittons la démonomanie

pour t'égayer par une hiſtoire plaiſante ; celle que je vais te raconter eſt toute fraîche. Un homme jaloux avoit fait un pari conſidérable avec ſa femme que, quelque aſtuce qu'elle pût avoir, elle ne feroit entrer perſonne dans ſa maiſon ſans qu'il le ſût.

On dit un ſoir à notre homme que ſon fermier lui demandoit la permiſſion, comme il étoit fort tard, de mettre ſon cheval à l'écurie. Monſieur prend ſa lorgnette, regarde par la fenêtre, & n'apperçoit que le cheval & le payſan qui le tenoit par la bride. Il ordonne, en donnant lui-même la clef, qu'on ouvre la porte toujours fermée à double tour, & qu'on la referme auſſi-tôt. Il n'y a rien à craindre ; il ſe tient à la fenêtre juſqu'à ce qu'il ſoit aſſuré de la ſortie du fermier à qui il dit : A revoir.

C'étoit

C'étoit le second tome du cheval de Troie. Le cheval postiche recéloit dans son sein un charmant militaire qui en sortit tout armé, qui enfila l'escalier de Madame, qui passa la nuit avec elle, & qui cria bon jour au mari dès que le matin fut arrivé, & qui l'obligea de compter la somme convenue. Il lui fallut payer les honneurs d'être entré dans une confrairie bien nombreuse, & ouvrir lui-même la porte à l'intrus qui venoit de le jouer d'une maniere si cruelle.

Il dit pour son excuse qu'il n'eût pas craint l'épée, mais que l'aventurier avoit sans doute des pistolets, & que contre une telle arme il n'y a point de courage, c'est-à-dire qu'il parla comme un poltron. Le pauvre mari est devenu la fable du quartier qu'il habitoit,

Tome II. X

& la femme, dès le jour même, s'est évadée.

Le tragique se trouve ici presque mêlé au comique ; sans cela l'on n'y pourroit pas tenir. Adieu.

De Paris, 1788.

LETTRE CXLI.

A Glazir.

SI nos histoires de nos Indes étoient fidélement rendues , il y auroit d'excellentes traductions à faire , & l'on y verroit les aventures les plus extraordinaires dans le genre de la démonomanie. Il paroît par les anciens, que le diable avoit autrefois plaisir à se faire voir. Ou ce goût lui a passé , ou il a choisi d'autres pays pour le lieu de ses promenades. Qui sait , comme il se fait vieux , s'il n'a pas perdu l'usage de ses jambes, d'autant plus qu'il a diable-ment voyagé ?

Nous avons là - dessus un conte assez burlesque. On y dit qu'il n'y a rien de plus plaisant que la ruse qu'il emploie pour se faire un corps ,

lorſqu'il a quelque courſe à faire.
Il ſe rend chez des hommes bien en-
dormis ; il prend à celui-ci une jambe
qu'il s'approprie , à celui-là un bras
qu'il place où il doit être , qu'il ſe
fabrique en un mot tous les membres
néceſſaires pour compoſer une perſonne. On ajoute que , malgré ſon
exactitude à rapporter tout ce qu'il
emprunte , avant que les perſonnes
ſoient éveillées , il lui arriva de ne
revenir un matin que lorſqu'un
homme , qui ſe trouvoit ſans bras ,
juroit comme un payen.

Ce bras fut jetté ſur le lit tout
ſimplement, ſe replaça de lui-même
par un mouvement convulſif , &
cauſa la mort de la femme qui expira
de frayeur. Le même conte aſſure
que les laſſitudes qu'on éprouve en
ſe levant n'ont pas d'autre cauſe , &
qu'on peut dire alors que le diable
a paſſé.

Chaque pays a ſes contes, ſes fables, ſes ſuperſtitions. Je ne dirois pas cela tout haut, car nous avons ici des gens fortement perſuadés de l'empire des démons. Le ſyſtême qui les place dans le corps des animaux, pour les faire agir, n'eſt pas auſſi abſurde qu'on voudroit bien le penſer. Si cela eſt, les femmes ont ſouvent le diable dans leur lit, & il paroît qu'elles n'en ſont pas fâchées.

J'ai rencontré tes eſclaves; ils ne parlent de toi que la larme à l'œil, tant ils ſont affligés de ton abſence. Mais quel vilain mot! je ne veux plus le prononcer, il me déſole moi même, comme n'entraînant après ſoi que des ſouvenirs déſeſpérans.

Paris, 1788.

LETTRE CXLII.

A Glazir.

On voit ici une espece d'hommes indignes d'habiter la capitale des François, & qu'on devroit reléguer parmi les tigres & les léopards. Ce font des gens de beaucoup d'esprit, & qui n'ont point d'ame. Une semblable disparate forme une monstruosité qui épouvante l'homme de bien d'une maniere terrible.

Ces sortes d'êtres font infiniment plus de mal que tout autre par l'adresse qu'ils ont à se glisser jusqu'au pied du trône, & à envahir des places où l'orgueil leur tenant lieu de mérite, ils ne se soutiennent que par le despotisme & par l'astuce ; Ils font agioteurs, usuriers, imposteurs, tantôt rampans, tantôt audacieux, jouant tous les rôles possibles, excepté celui d'homme d'honneur. Ils ne rougissent jamais, & donnant leurs vices pour des vertus, ils mettroient leur opprobre en cantique.

Encore si leur scélératesse étoit concentrée dans eux-mêmes, au lieu qu'ils s'associent pour coadjuteurs les subalternes les plus vils & les plus tarés, disant à ceux qui leur en font des reproches que, pour leur besogne ils ont besoin de pareilles recrues.

Les tems ont heureusement changé ; on leur eût jadis adressé des épîtres dédicatoires, & maintenant on ne les loue qu'avec des pamflets. Le peuple même s'en fait justice, & depuis quelque tems il a ses exécutions. Il n'y a pas de mal qu'on les flagelle ; si cela ne les corrige pas, cela contiendra leurs successeurs.

On fait ici d'excellentes observations, mais malheureusement ceux qui les font vivent ignorés. J'en rencontre par-ci par-là que j'écoute avec délices ; ils ne font point frondeurs, & c'est ce qui m'enchante. Le frondeur est mon animal antipathique, sa satire trop mordante irrite la vertu.

J'étois aux Tuileries, ce jardin toujours ancien & toujours nouveau, qui paroît plus grand à chaque fois qu'on y va, plus beau toutes les fois qu'on l'analyse. ── Une des deux terrasses se trouvoit remplie de nouvellistes qui tous en plein air prenoient, les uns des rafraîchissemens, les autres des liqueurs, & au milieu d'eux un homme en courroux contre le siecle, contre Paris, contre la cour, contre lui-même, exhaloit sa fureur ; il bavoit à la maniere des bêtes venimeuses, invectivant à tort & à travers tout ce qu'il y a de plus respectable, sans égard pour perfonne. On s'en alloit effrayé de fes propos, & l'on revenoit enchanté de fon efprit. Mais quel efprit! Tout brillant qu'il eft, me dit à l'oreille un homme qui vint à paffer, je ne me baifferois pas pour le prendre, s'il venoit à tomber.

Notre frondeur bavardoit, & chacun claquoit des mains, fouvent fans avoir entendu ce qu'il difoit. Je fendis la preffe, & j'entendis que l'Europe, telle qu'elle eft maintenant, n'a pas le fens-commun; qu'il faudroit la refondre, ou du moins la diftribuer tout différemment; que la Pologne devroit s'unir à la Pruffe pour reprendre fes anciennes poffeffions, s'obligeant de fournir cinquante mille hommes effectifs toutes les fois qu'elle en auroit befoin, & qu'avec l'alliance du Turc elle ne craindroit plus ni l'Autriche ni la Ruffie; qu'on pourroit, outre cela, affurer le trône de Pologne au fils du Roi de Pruffe, & la portion que la Czarine a enlevée; que la France devroit s'arranger pour avoir les Pays-Bas, en donnant la Corfe à l'Empereur.

Il vint du monde qui nous força d'abandonner le terrein, & pour être plus à mon aife, je m'efquivai.

Il y a tous les jours ici de petits fpectacles de cette efpece qui re-créent les oififs & qui intéreffent les politiques. Il n'en coûte rien, & ces gens qui cherchent à tuer le tems, quoique ce foit lui qui les tue, s'en amufent, & rentrent chez eux plus contens de leur journée, que s'ils avoient fecouru la patrie.

Paris, 1788.

LETTRE CXLIII.

A Glazir.

ON attendoit autrefois vingt-cinq ans pour introduire un jeune homme dans la société ; maintenant , dès l'âge de quinze on joue un rôle, on parle , on décide. Cette école qui ne peut être dangereuse pour un jeune homme déja formé, l'eſt infiniment pour un adoleſcent qui n'a point encore d'expérience ; il veut faire comme les grandes perſonnes avec leſquelles il ſe faufile , & la fureur du jeu , l'amour de la dépenſe, la paſſion pour les femmes deviennent ſon élément ; il ne veut plus recevoir d'avis, il en donne ; il ne veut plus obéir à des parens, il entend dire que c'eſt gothique ; il prononce ſur tous les ouvrages

qu'il n'a point lus, il voit qu'on fait
de même ; enfin il eſt tout ce qu'il
ne devroit point être.

Une femme de diſtinction qui
voudroit que j'emmenaſſe un de ſes
fils dans l'Inde, me faiſoit l'autre
jour ſes doléances. Je ſais bien,
diſoit-elle avec beaucoup de raiſon,
que la jeuneſſe doit payer un tribut
à la folie ; qu'il eſt preſque impoſ-
ſible, lorſqu'on n'a que vingt ans,
de ne pas faire quelque ſottiſe ; que
cette manie eſt la petite vérole de
l'eſprit, & qu'il faut paſſer l'éponge
ſur les étourderies, tant qu'il n'y a
point de baſſeſſes.

J'ai en effet remarqué que l'ef-
ferveſcence de la jeuneſſe étoit plus
ou moins reculée, & qu'on ne s'en
affranchiſſoit jamais ſans en reſſentir
les effets, avec la différence qu'on
eſt trop heureux d'avoir expédié ſes
petites ſottiſes de bonne heure, au

lieu de les garder pour un âge avancé.
— Il n'y a rien de plus ridicule
qu'un vieillard qui papillonne dans
les fociétés , qui conte fleurettes à
de jeunes femmes , qui entretient
des filles ; on le fiffle dans le moment même où il croit qu'on l'applaudit.

Cette efpece eft très-multipliée
dans Paris , au-point que la plupart
des courtifanes ne vivent que de
leurs honteufes largeffes. Ils oublient
leurs époufes , leurs enfans , leur
ménage, pour continuer fourdement
leurs débauches, filant leur libertinage jufqu'au dernier moment. Je
t'avoue que cela révolte. C'eft faire
d'un cimetiere un parterre.

S'ils favoient comme les filles, qui
femblent les adorer , les tournent en
ridicule , comme elles vont dépenfer
leur argent en les chargeant d'im-
précations , ils feroient confondus

Le beau bouquet à nous présenter,
disoit l'autre jour à ses compagnes
une femme de moyenne vertu, qu'une
peau ridée, qu'un teint flétri, qu'une
œil mort, qu'une haleine infectée.
Il vaudroit encore mieux caresser
une momie d'Egypte ; du moins n'a-
t-elle pas de mauvaise odeur. Ce dif-
cours, que j'entendis mot pour mot,
me guériroit pour jamais de la manie
de faire le jeune, fi j'étois vieux.
Mais soit homme, soit femme,
qui est-ce qui croit l'être ? — Adieu.

Paris, 1788.

LETTRE CXLIV.

Palmyre à Zator.

JE briserois volontiers tous les ca-
drans, désespérée de n'y jamais voir
une heure qui t'amene. L'aiguille
tourne, retourne sans cesse, & l'a-
dorable Zator ne paroît pas. Une
date indéterminée me tue ; quand
on me donne un jour fixe pour revoir l'objet que j'aime, c'est beaucoup plus consolant ; mais cette incertitude me semble avoir la longueur d'une éternité tout entiere.
Rien de comparable à ce tourment.

J'ai reçu ta lettre, mais une lettre
morte, malgré la chaleur des ex-
pressions. Une froide écriture, un
simple papier, n'ont hélas ! rien
d'animé. Il faut que l'imagination
en fasse les frais, & que l'illusion

s'en mêle, pour y trouver quelque figne de vie.

La paix regne ici depuis l'ordre que tu y as remis ; mais qu'une telle paix eft monotone & fade, lorfqu'elle n'eft point entretenue par ta préfence ! Eh ! que fait d'ailleurs la paix, quand le cœur eft dans une agitation inexprimable. Tu ignores que je ne fuis pas feulement époufe, mais amante, & que ma refpiration même t'invoque & t'appelle toutes les fois qu'elle a lieu.

Les femmes de Paris ont beau être adorables pour la figure, pour les agrémens, pour l'efprit : qu'on les raffemble toutes, on n'en trouvera pas une feule qui me vaille pour les fentimens. Nous relifons tes lettres chaque foir. Foible confolation, mais du moins c'en eft une.

Nos ambaffadeurs continuent fans doute à te rendre le féjour plus

agréable

agréable. Je préfume que tu les vois. Ils connoiffent ton mérite , & ils aiment beaucoup ceux qui en ont.

Tes enfans levent chaque jour leurs petites mains vers le ciel, dans l'efpoir que leur innocence te méritera fes bénédictions. Pour moi, je crains de n'être pas affez pure pour obtenir cette faveur. Je te confié à la garde de notre grand prophete ; tu ne peux mieux être protégé. — Mille baifers , mille adieux. Je les raffemble tous dans cette lettre que j'extrais de mon propre cœur , & que je t'écrirois avec mon fang , s'il pouvoit conferver fa chaleur.

Veille fur tes deux efclaves. Les voyages font périlleux pour les mœurs & pour la fanté de la jeuneffe.

A Scheringapatnam , 1788.

Tome II.   Y

LETTRE CXLV.

A Glazir.

J'AI voulu visiter les colléges, ces différentes écoles dont la réunion forme ici ce qu'on appelle université. La théologie, la médecine, les sciences, les loix font l'objet des études. On acquiert des titres d'honneur à mesure qu'on s'y perfectionne. Il falloit employer ces encouragemens pour entretenir l'émulation.

Je ne m'étends pas davantage sur cette matiere, t'en ayant déja parlé dans une de mes lettres. Les écoliers font ici nombreux. Ils étoient autrefois redoutables pour deux raisons, la premiere, c'est qu'on étudioit beaucoup plus tard, & la jeunesse alors étoit bien plus robuste & bien plus formée : la seconde, c'est que la police étoit moins bien obfervée ; il étoit facile d'exciter des émeutes.

Paris deviendroit un lieu d'horreur, fi la févérité des loix & des magiftrats n'y contenoit pas la multitude ; mais en imprimant la terreur, on enchaîne les paffions, & le citoyen dort tranquille, fans d'autres remparts que des vitres entre le public & lui.

Des foldats, tant à pied qu'à cheval, diftribués dans tous les quartiers, veillent fans ceffe, & fe raffemblent au moindre cri, pour arrêter les défordres. J'ai été témoin, ces jours-ci, d'une effervefcence qui a mis en l'air toute la populace. Bientôt chacun eft rentré dans fon devoir, & le plus grand calme a fuccedé à des orages qui fembloient devoir éclater.

Il y a cent ans qu'on n'ofoit ici

fortir la nuit qu'en tremblant. On ne fait plus cela que par tradition. L'on diroit que la lune, à Paris, eft le foleil, tant il y a de clarté dans les rues, & de fûreté.

C'eft affez des malheurs occafionnés par le concours des voitures, que leur ridicule élévation rend plus péril- leufes que jamais. Sans avoir d'au- tres dangers à courir, il n'y a gue- res de jour où quelqu'un ne foit froiffé par une roue, pour ne rien dire de plus. Peut-être qu'à force d'être élégant & de raffiner fur toutes les modes, on trouvera le moyen d'avoir, comme les déeffes, des chars traînés par des colombes & par des moineaux. Il faut convenir que la chofe feroit admirable.

Je ne reçois plus de lettres d'Ur- tarbek. il erre fans doute fur les mers, où fes affaires, comme fa curiosité l'ont conduit. C'est mêler l'utile à l'agréable, & c'est bien la meilleure maniere de voyager.

A Paris, 1788.

LETTRE CXLVI.

A Glazir.

Je fors de dîner avec nos ambaffadeurs, qui ne s'écartent en rien
des loix prefcrites par notre prophete, quoiqu'au milieu d'une ville
où l'on n'eft pas fcrupuleux fur l'article de la religion.

On dit même que les dervis chrétiens, ne font gueres plus zélés que
les gens du monde, & que, tandis
que les nôtres, femblables à des
automates, paroiffent privés de leurs
fens, ceux-ci ont une langue, des
oreilles, & fur-tout des yeux dont
ils font le plus grand ufage. On
donne toujours dans les extrêmes.

Deux voyageurs Italiens me pro-
poferent, il y a quelque tems,
d'aller vifiter un monaftere à trente

lieues de Paris, où il y a des her-
mites, me dit-on, qui ne parlent
jamais ; je les remerciai de tout mon
cœur, en les affurant que j'aimois
infiniment mieux voir des perfonnes
qui me diroient quelque bonne chofe.
Si l'on édifie en ne parlant point,
les ftatues doivent être infiniment
édifiantes. C'eft tromper l'intention
du Légiflateur, qui recommande de
ne parler qu'avec fageffe, de fe con-
damner à un filence éternel. Il femble
qu'on lui reproche, par cette fingularité, de nous avoir donné une langue.
Les hommes font prefque toujours
en-deçà, ou au-delà.

Suppofons, pour un moment,
que chacun, pour arriver à la plus
grande perfection, s'avisât de ne
point parler ; le bel embarras dans
l'univers ! Les hommes deviendroient
femblables aux bêtes, & il n'y auroit ni commerce, ni fcience, ni

ſociété. La meilleure preuve que nous ſommes nés pour parler , c'eſt que nous en avons la faculté. Mes réflexions ont paru juſtes , & mes voyageurs ſont reſtés. Un ſupérieur eſt bien plus tranquille quand des moines ne parlent pas , & j'opinerois volontiers , que preſque tous les introducteurs d'un ſilence perpétuel ont eu cet objet en vue. Un dervis lui-même que j'abordai , mais qui eſt d'un ordre qui parle , me dit , d'après Fleury , que la plupart des fondateurs avoient pris la ſingularité pour regle , & que leur bizarrerie d'uſages & d'habits ſembloit n'avoir pas eu d'autre principe.

La converſation s'engagea , & , tout en nous promenant , il me conduiſit dans ſon jardin. Il étoit ſimple & bien deſſiné , comme devroient être tous les jardins du monde. Je lui parlai à cœur ouvert ſur ce que

j'entendois

j'entendois dire journellement de la
vie délicieuse que les moines me-
noient, des biens immenses qu'ils
possedoient. Il me prouva que leur
maniere de vivre étoit extrêmement
frugale, & que, malgré leurs richesses prétendues, ils n'avoient pré-
cisément que ce qu'il falloit pour
exister. Cet homme vorace, me
dit-il, qu'on assigne à chaque maison
pour nous dévorer, nous maigrit
d'une terrible maniere. Il s'engraisse
de notre substance, & c'est pour
avoir donné le nom fâcheux d'Ab-
baye à nos maisons, que nous sommes
si mal arrangés.

Les abbés commendataires sont
presque tous processifs, & nos plus
grands ennemis. Quand je les vois
dans des carrosses, je devine en
moi-même où cela doit les mener,
& je crains que la fin de ces courses
ne les culbute, je sais bien où.

Nous fommes très-embarraffés ,
me dit-il , avec les gens du monde.
Si nous les traitons bien , ils nous
accufent en fortant de vivre comme
les porcs d'Epicure ; fi au contraire
nous les recevons fimplement , ils
déclament contre notre avarice ,
& fe plaignent hautement de la
mauvaife réception.

Je lui demandai s'il étoit vrai
qu'ils defiraffent d'être mis en liberté
& d'être renvoyés au milieu du
monde ; il me répondit nettement ,
que ce pouvoit être le vœu de
quelques jeunes gens mal appellés ,
mais que l'embarras d'un religieux
qui reparoîtroit dans le monde après
quelques annés , ainfi que le peu
qu'on lui donnoit pour fubfifter ,
les attachoit de préférence à leur
cloître , & que la dépenfe , quelque
modique qu'elle foit , lorfqu'on vit
en commun , devient confidérable

quand on vit ifolé. Cela me parut fenfé. Ce que je ne pus lui pardonner, c'eft que l'heure du réfectoire venant à fonner, il me quitta brufquement pour s'y rendre, en me difant, néanmoins, qu'il leur falloit de l'uniformité dans la maniere de vivre.

Je m'en veux à moi-même d'avoir alors penfé que la gourmandife l'emportoit fur la politeffe.

Tu ne me dis plus rien de mes efclaves, Je te conjure de les voir & de les intimider. Ces gens-là ne fe conduifent que par la crainte ; mais il ne faut pas les faire battre, car ils font hommes comme nous. Adieu.

Paris, 1788.

LETTRE CXLVII.

A Glazir.

PARMI les différentes loteries dif-
tribuées dans l'Europe avec une profusion surprenante , il en existe une
sour-tout qui , l'ouvrage des Génois ,
les hommes les plus fins , me sé-
duisit dernierement. On croit à haute
voix dans toutes les rues ꞉ C'est demain qu'on la tire. Je voulus être
de la partie , & je donnai mon argent sans espérance de le voir revenir. Je n'y pensois donc plus , lorsqu'un de mes esclaves, quelques jours
après , me fit connoître que je ga-
gnois deux mille louis. Le trait me
parut plaisant , & je me dis à moi-
même : N'y reviens plus , si tu veux
gagner. Je crus devoir en sacrifier
la moitié pour les malheureux , les

chrétiens comme les mahométans étant mon prochain.

Cet événement me jetta dans de profondes réflexions fur ce qui pourroit être la premiere occafion des pertes & des gains qu'on fait à ce jeu périlleux, & j'en difcourus long-tems avec un homme extrêmement inftruit. Il m'avoua bonnement qu'il n'y voyoit goutte ; car telle fut notre maniere de raifonner : Si c'eft Dieu lui-même, comme le moteur univerfel, pourquoi celui qui ne met à la loterie qu'avec l'intention de foulager des pauvres, ou de fe procurer à lui-même la nourriture quotidienne, ne gagne-t-il jamais, tandis qu'un mauvais fujet, dont la conduite eft déplorable, y gagne l'impoffible ?

Si c'eft le hafard, autre difficulté, & peut-être encore plus grande; car le hafard n'étant rien, & le

néant ne pouvant produire, comment
se le figurer l'auteur du bien & du
mal ? Il y a cependant une cause ,
dès qu'il existe un effet ; mais que
de labyrinthes à parcourir avant de
la trouver !

Après bien des discussions, le sa-
vant avec qui je dissertois s'écria :
Mais voici une vérité qui se présente à mon esprit , & je pense qu'il
ne faut pas s'en éloigner , si nous
voulons avoir le mot de l'énigme.

L'Eternel , dans l'immensité de
ses vues & de ses décrets , voit mille
choses que nous ne voyons point,
& que nous ne verrons jamais.
Comme il ne récompense que par
des biens temporels des œuvres bonnes
en elles-mêmes , mais qui ne lui
sont point rapportées , il peut arriver qu'en faisant tomber un bon
billet dans les mains d'un dissipa-
teur , ce soit son salaire. J'en dirai

de même de l'homme de bien, qui perd toujours à la loterie, & qui, devant avoir une récompense éternelle, se trouvera bien dédommagé de ses privations.

D'ailleurs, lui dis-je, Dieu, connoissant l'avenir, aura pu voir que cet homme de bien, qui semble disposé à verser ses gains dans les mains des malheureux, changera d'avis lorsqu'il sera riche, & que l'argent lui deviendroit absolument funeste.

L'Eternel est juste ; voilà une proposition sans réplique ; il n'arrive que ce qu'il veut ; en voilà une seconde qui n'est pas moins vraie, d'où il faut conclure que notre ignorance est cause des faux jugemens que nous portons.

S'il étoit des choses que Dieu ne vît pas, il ne seroit pas Dieu, & s'il les voyoit sans pouvoir les réformer ou les empêcher, il seroit néceffité par quelque force majeure ; mais où fe trouveroit cette force plus puiffante que lui, & qui le tiendroit enchaîné ?

Que penfes-tu de ce raifonnement, mon cher Glazir, toi qui étudiois autrefois la métaphyfique avec tant de fuccès ? Je foumets ceci à tes lumieres, & je ferois fort aife d'avoir ta décifion fur ce fujet.

N'es-tu pas étonné du peu de prife que les plaifirs ont fur moi dans une ville comme Paris, où tout infpire le luxe & la volupté. Je les regarde comme deux objets mis en embufcade pour tendre par-tout des piéges aux paffans. Ici, ce font des filles qui vous invitent ; là, des boutiques décorées de tout ce qu'il y a de plus féduifant; ici, des voitures radieufes comme le char du foleil; là, le cirque d'un Palais-

Royal où les fens font inveftis de toutes parts; ici, des fpectacles en tout genre ; là des tables exquifes couvertes des fruits des deux mondes, & de tout ce qu'il y a de plus balfamique parmi les vins ; ici, les plus excellens parfums ; là, le fon mélodieux des meilleurs inftrumens & des plus belles voix.

Tel eft le mérite de ma réfiftance, je paffe au milieu des plaifirs, comme je traverfe un parterre, flairant une fleur, admirant l'autre, & ne m'y arrêtant pas. Il n'en eft pas de même lorfque je t'écris, je voudrois que le papier s'alongeât, que le tems ne finît plus, & n'avoir jamais d'autre occupation que celle de te dire combien je t'aime, combien je t'eftime, combien je t'admire & combien je defire te revoir.

Paris, 1788.

LETTRE CXLVIII.

A Glazir.

ON ne croira jamais, en voyant le lieu d'où je t'écris, que mes lettres puiſſent être auſſi raiſonnables. — Comment ! diroit une élégante, ou cet homme-là nous trompe, ou il eſt du plus mauvais ton. Du ſein de Paris même, où l'on ne marche qu'en danſant, où l'on ne parle qu'en chantant ; de Paris, le ſein de l'alégreſſe, le centre des plaiſirs, le ſéjour de l'amabilité, écrire des choſes métaphyſiques, des choſes morales ! C'eſt abſolument renverſer l'ordre.

Pour moi, diroit un agréable, quand j'écris de Paris, je choiſis du papier à fleurs, douillet comme le ſatin, doré ſur tranche ; je me fais donner une plume de tourterelle, l'encre la plus luisante & la plus fine, & j'appelle toutes les jolies phrases possibles, afin que mon épitre ait l'empreinte de la capitale, & je l'impregne de ce qu'il y a de plus odorant, ayant sur-tout grand soin qu'elle ne contienne que d'aimables frivolités, que des phrases déchiquetées, que des pensées à filigrane, que des mots nouvellement créés.

Une lettre n'est plus supportable, si elle n'est marquée au coin de l'élégance. S'agit-il d'amour ? il y faut beaucoup de *oh*, beaucoup de *ha*, beaucoup de *hélas*. Est-il question de douleur ? il faut y mettre des points, couper les mots, n'employer qu'un style haché ; & moins on aime, plus on s'afflige, plus cela doit être violent ; les sentimens ne furent jamais si bien joués.

Une femme se disoit éperdue-

ment amoureuse d'un homme qu'elle
s'étoit attaché par mille démonstra-
tions , oubliant même ce qu'elle
devoit à son sexe & à sa condition
pour lui prodiguer des caresses &
des douceurs ; ils s'écrivoient ré-
ciproquement tous les jours des
lettres, des poulets , enfin tout ce
qui est du ressort de l'amour ; ou
du moins tout ce qui en a l'air.
Dans le tems qu'on paroissoit très-
enflammé , l'amant reçoit un paquet
énorme de la part de celle qu'il
adore. Le cœur palpite, l'ame s'é-
meut , la seule inspection de l'adresse
& du cachet produit cette double
effervescence , on ouvre sans savoir
ce qu'on fait , la mémoire se con-
fond , la vue se trouble , & l'on
ne fait enfin de quoi il s'agit qu'après
avoir relu deux fois , tant on est
agité.

On s'apperçoit enfin du plus

grand des malheurs : hélas! ce font toutes les lettres de notre amoureux, tous fes élans, tous fes tranfports, qu'on lui renvoie le plus féchement du monde , en lui difant qu'on n'écrit point auffi platement à une femme qui a tout l'ufage du monde, qu'il eft prié de vouloir bien brûler lui - même un pareil fatras , & qu'elle demande pardon à toutes les Mufes d'avoir héfité fi long-tems à prendre ce parti.

Il veut récrire , point de réponfe; il effaie de voir la perfonne , néant à la requête; il fallut vivre de part & d'autre comme fi l'on ne s'étoit jamais connu ; un autre cavalier, faifeur de brochures, avoit fupplanté celui-là. Je crains d'après cela que tu ne me joues le même tour , & que tu ne juges ma correfpondance indigne de Paris.

Tu pourras dire tout ce que tu

voudras du ſtyle, je te l'abandonne,
pourvu que tu reconnoiſſes à travers
ce ſtyle, tout chétif qu'il eſt, les
expreſſions vigoureuſes de mon cœur.
Adieu, le meilleur de mes amis.

A Paris, 1788.

LETTRE CXLIX.

A Glazir.

Un chevalier d'induſtrie cité devant la Police comme ſe nourriſſant, s'habillant, ſe logeant parfaitement bien, ſans avoir une obole de revenu, reçut ordre de quitter Paris, où il ne pouvoit exiſter que d'une maniere onéreuſe pour le public. Après avoir entendu froidement cette humiliante ſignification, il répondit : Il y a long-tems qu'on m'a dit que tout pays où l'on vit bien eſt la patrie, & où pourrois-je être mieux que dans cette ville immenſe où je vis délicieuſement ſans jamais rien payer ? Les perſonnes qui me connoiſſent envient mon ſort, comme celui d'un citoyen qui ne craint ni la diminution des rentes, ni les impôts, ni les mauvaiſes années.

D'ailleurs , fi je fors pour un pareil fujet , trente mille jeunes gens doivent me fuivre ; il y a dans Paris ce nombre bien compté , qui n'a que l'induftrie pour patrimoine. Ce n'eft point en follicitant des fecours que je foupe & que je dîne , j'ai l'air même de n'aller que forcément chez les perfonnes qui m'invitent ; tout confifte dans le talent de fe faire valoir ; je dis à l'un , pour vous plaire , je romps l'engagement que j'avois avec un duc , & il le croit ; à l'autre , fi vous faites fervir un peu tard , je fuis des vôtres ; car je fuis obligé de me trouver à l'audience du miniftre : on rit beaucoup de fa franchife , & on l'a laiffé tranquille.

C'eft une mode ufitée par les aventuriers de fe préfenter les jours d'audience chez tous les miniftres ; ils y paroiffent d'un air important,

ils

ils ne leur parlent jamais, ils n'en font pas même connus, mais ils se perdent dans la foule, & en conversant avec l'un, riant avec l'autre, ils font des connoissances d'autant plus imposantes qu'on se dit : Nous nous sommes vus chez le Ministre.

L'Indien périroit mille fois avant de recourir à cette astuce. A Paris tout ou rien, absolument pauvre ou totalement riche pour s'y soutenir, la médiocrité n'y est pas supportable; les créanciers tourmentent sans relâche celui qui ne doit qu'un louis, ils laissent tranquille celui qui leur doit des sommes, car ils pensent qu'il est opulent.

Tu me paieras le voyage de Paris, puisque je te le fais connoître comme si tu y avois été. Approche ton amitié de mes joues, afin que je t'embrasse aussi cordialement que je t'estime.

Paris, 1788.

Tome II. A a

LETTRE CL.

A Glazir.

PARIS eſt vraiment le pays des prodiges, on y fait entendre les ſourds, parler les muets de naiſſance par une méthode admirable, & preſque voir les aveugles. Un abbé qu'on ne récompenſe point, au milieu de tant d'autres inutiles qui regorgent de bienfaits, prend ſur lui-même de quoi élever gratuitement les malheureux affligés dont je parle.

Il tient école publique, & c'eſt le ſpectacle le plus touchant de le voir lui même, à l'aide des geſtes, des indices & des lettres qu'on trace avec la craie, faire entendre tout ce qu'il écrit, de maniere que chaque muet & ſourd devine la ſignification de chaque mot, & l'exprime par les

fignes les plus expreſſifs. Joſeph II,
Empereur des Romains actuellement
régnant, vint voir ce vénérable abbé
avec le plus grand empreſſement. Il
méritoit une pareille faveur à raiſon
de ſon intelligence & de ſes vertus,
dont la patience n'eſt pas la moindre.

Je l'ai vu donner ſes leçons, &
mon ame en eſt ravie. — Les mots
les plus abſtraits ſont rendus par des
ſignes les plus clairs & les plus pré-
cis. — Il y en a même qui prononcent
quelques mots. Mais croirois-tu que
les Pariſiens mêmes ſont moins curieux que les étrangers de voir un
pareil phénomene, que la plupart
des ſeigneurs n'y ont pas mis le
pied, cédant cette ſatisfaction aux
étrangers? Il ſemble qu'on craigne
l'inſtruction, & qu'on s'eſt acquitté
de ce que doit l'eſprit, quand on a
parlé tout le jour ſans rien dire.

L'on crie beaucoup ici contre la

vénalité des charges, fans penfer que la cabale s'en mêleroit fi on les donnoit à la recommandation ou au concours, que les plus pauvres en feroient fouvent gratifiés , & que l'indigence conduit à des chofes honteufes.

Cette queftion fut vivement agitée dans une fociété où je me trouvois, & où l'on ne s'entendit pas , tant il y eut de bavardage , fur-tout de la part de cinq ou fix élégans qui, felon le privilége de la jeuneffe actuelle, ne cefferent de crier. La haute compagnie parle fi bas qu'on l'entend à peine , & la fociété ordinaire, fi haut qu'on n'y peut réfifter ; ce font les deux extrêmes.

Il eft prefque impoffible d'avoir une converfation générale ; celui qui raconte quelque chofe d'important n'eft même pas écouté ; là, on a la manie de prendre ce moment pour se parler à l'oreille, ou de faire du bruit dès qu'on commence à lire ou à raconter. Cet inconvénient est même bien plus cruel à table ; chacun y est perpétuellement interrompu par le service : l'un demande, l'autre remercie, & tout le tems se passe à dire des monosyllabes qui n'ont ni suite ni liaison ; les femmes sur-tout ont merveilleusement l'art d'interrompre, il y a toujours quelque petite chienne qu'il faut faire taire ou soigner.

C'est une jouissance de voir arriver celles qui ont de la taille, de la figure & de l'élégance ; elles se présentent avec l'air le plus noble & le plus gracieux, sur-tout lorsque la naissance ou l'éducation les a perfectionnées. Leurs manieres sont sans contrainte, elles se trouveroient en face du Roi même, qu'elles n'en conserveroient pas moins leur aisance

& leur amabilité. Elles parlent de tout, quoiqu'elles n'aient souvent que la superficie des choses ; mais cela est racheté par des graces qui font oublier les anachronismes & de petites erreurs de cette espece. Elles feront des parties que ne feroient pas les bourgeoises, comme d'aller dîner à l'auberge, déjeûner chez un garçon, lorsque la compagnie les entraîne.

On m'a mis en société avec plusieurs femmes de cette classe ; elles me prennent sous le bras, elles me badinent, elles s'amusent sans façon au milieu des gens de la campagne, disant bon jour à l'un, saluant l'autre, & toujours de maniere à leur concilier tous les cœurs.

Sur-tout ne dis pas cela à mes femmes, elles croiroient tout ce qui n'est pas, & c'en seroit assez pour mettre le trouble dans le ménage ;

on a la tête foible quand on vit presque toujours renfermé.

Eleve-toi autant que ton ame en est capable, & tu verras ma pensée se replier sur elle-même pour ne plus penser qu'à toi. Au milieu des spectacles les plus bruyans je la rappelle pour la tourner vers les lieux chéris où tes vertus font ta plus délicieuse société. Que l'homme est grand lorsqu'il fait être lui-même! ce n'est que parce que nous l'avons identifié avec des plaisirs fensuels, & des frivolités, que nous l'avons dégradé.

Paris, 1788.

LETTRE CLI.

A un des Interpretes de la loi.

MINISTRE des vengeances & des
miféricordes de l'Eternel, c'eft à ce
double titre que je fupplie ta préé-
minence de punir Walberc & de lui
pardonner. Je l'élevai dès fon enfance ; il montra les difpofitions les
plus fublimes , & j'apprends qu'il
a tranfgreflé tes ordres , & qu'il s'eft
rendu coupable d'indifcrétion.

Je le remets à ta grande ame, qui,
copiée fur l'Alcoran , ne fera rien
qui ne lui foit conforme. Tu fais
qu'il eft l'effence même de la charité , qu'on ne peut le toucher fans
en être imprégné. La paix des
cieux qui repofe dans ton cœur ne
permettra

permettra pas une justice trop sévere.
La flamme de la colere est moins
vive que celle de la charité ; qu'elle
t'environne, & ton esclave ne sera
plus si coupable à tes yeux.

Le séjour de Paris ne me fait
point oublier ma loi. Par-tout elle
se présente à mon esprit, & elle
m'arrête sur le bord de ces préci-
pices que les vices ont creusés. Mes
pas ne sont imprimés que dans les
lieux où les vertus ont passé ; je
suis leurs traces, & ce moment où
je t'écris me paroît sacré, tant j'ai
de respect pour ta personne sublime
& pour ta haute dignité. Les montagnes s'abaisseront plutôt que les
ministres de notre Prophete ne soient
renversés. Les fleurs dont l'amour
profane se tresse des couronnes, sont
des larcins qu'il te fait ; c'est à toi
qu'on doit les offrir, comme à celui

qui s'éleve jusqu'au sein des étoiles, & qui en reçoit une lumiere inconnue aux profanes. Je baise le seuil de ta résidence, & je me prosterne la face collée sur la poussiere que tes pieds sacrés ont foulée.

Paris, 1788.

LETTRE CLII.

A Solime.

JE ne t'ai point encore parlé des seigneurs qui habitent ces parages ; je voulois les obferver avant de t'en efquiffer le portrait : princes, miniftres, ducs, ambaffadeurs, comtes, marquis, tous ont attiré mes regards, & je puis te parler de tous fans partialité.

Les uns ont une affabilité naturelle que leur dignité paroît offufquer ; ils voudroient être plus communicatifs, mais ils craignent de manquer à la grandeur qui les retient ; les autres, par une morgue déplacée, cherchent à fe dédommager des foupleffes qu'ils font à la cour, c'eft-à-dire, qu'ils fe redreffent autant qu'ils fe font abaiffés. Il y en

a d'inſtruits , & ceux qui n'ont pas
cet avantage , ont du moins le talent
de le paroître ; ils ſavent les termes
techniques des ſciences & des arts , ce
qui leur donne du relief. L'architecte
qu'ils emploient , le peintre qu'ils
font travailler, ſont dans l'admiration
de voir que *Monſeigneur* parle bien
de leur art ; cela paſſe de bouche en
bouche, & cela leur fait une réputation. Ajoutez qu'ils ont quelquefois
un académicien à dîner , autrement
un prôneur qu'ils gagnent. Il en ré-
ſulte de longs éloges pour ſon Excel-
lence , car c'eſt une manufacture
d'éloges qu'une Académie , & pour
peu qu'on en ſoit, on en a toujours
à ſa diſpoſition.

La plupart des grands n'ont qu'une
idée imparfaite du bonheur , parce
qu'ils ne ſont qu'à demi bienfaiſans.
La vraie jouiſſance du riche conſiſte
à faire complettement le bien ſans

réserve comme fans humeur ; mais le cœur fe paralyfe dès qu'on leur propofe une bonne œuvre ; on va jufqu'à perdre leur protection quand on a befoin de leur fecours, parce que leur protection ne confifte que dans des mots.

Je les connois fi bien, me difoit l'autre jour un homme au fait de leur grandeur, qu'il fuffit de me montrer une lettre qu'on leur écrit, pour que je devine mot pour mot leur réponfe. Ils ont un protocole de refus qui tient à leur étiquette comme à leur dureté ; en difant toujours, qu'en toute occafion ils feront vos très-humbles ferviteurs, ils font bien intentionnés à ne pas vous fervir.

Il y avoit un de ces feigneurs obligeans à leur maniere qui s'annonçoit pour l'ami d'un honnête infortuné, qui lui promettoit tout, mais qui à chaque demande lui répondoit : Demandez-moi toute autre chofe, & vous connoîtrez le defir que j'ai de vous obliger. Il le tint en haleine pendant dix ans, jufqu'à ce que le protégé perdit enfin patience & lui marqua : Je n'ai rien, mais je ne troquerois pas mon exiftence pour la vôtre ; au moins fuis-je vrai, & n'ai jamais trompé perfonne.

Les grands, comme par-tout ailleurs, favent ici perdre, & ne favent pas donner, à moins qu'ils ne foient avares, ce qui n'eft que trop ordinaire. Les financiers alors deviennent leurs maîtres d'hôtel. On ne nomme ici qu'un feigneur qui tient table ouverte pour les étrangers ; il faut long-tems les attendre avant de les aborder, leur ufage étant de s'amufer plutôt avec un chien que de donner audience fur-le-champ. Il eft de la grandeur de laiffer tout solliciteur se morfondre dans une antichambre.

On dit que tout se *francise* ; mais il faudra bien du tems pour que cela prenne chez nous ; le plus difficile sera d'avoir des valets insolens ; c'est encore ici un attribut de la grandeur.

Monsieur vit cérémonieusement avec *Madame*, & ils ne connoissent pas d'autres noms pour s'exprimer leur amour, à moins qu'ils n'habitent le même hôtel sans se voir.

Je te prie de remettre ce billet à mon second esclave ; il a besoin de consolation, & je me hâte de l'assurer de ma bienveillance ; je me désole quand mes semblables souffrent, sur-tout si je présume y avoir contribué.

Paris, 1788.

LETTRE CLIII.

A Glazir.

J'AI fait une partie délicieufe dans une fociété de bons patriotes tous zélés pour le bien public. Nous étions douze, &, chofe rare, il n'y avoit pas un feul égoïfte. On a ri comme dans l'enfance, on a danfé comme au jeune âge, on a bu comme au vieux tems.

Je trouvai le maître du lieu qui porte un nom cher à tous les honnêtes gens (M. Plouvier), méditant le projet d'un pont fur la Seine, dans la pure intention de raviver douze villages dont la pofition exige cette entreprife. Il me fit voir l'endroit même qui fe trouve en face d'un lieu nommé Bezons, & que je me rappelle d'autant plus volon-

tiers que je ne veux rien oublier de
cette agréable journée.

L'on tira un feu d'artifice (fpec-
tacle que la Compagnie des Indes
donna l'autre jour à nos Ambaffadeurs, qui paroiffent prendre un fin-
gulier plaifir à cette forte de diver-
tiffement).

Je reviens au lieu qui m'avoit trop
féduit pour n'y pas refter long-tems.
On m'y montra une retraite dont un
officier, M. Dargeaveli, arrivant de
Pologne, faifoit les honneurs. Là,
dans une grotte, en face d'un petit
parterre égayé par un jet d'eau,
animé par de petits oifeaux, il nous
fit fervir une ample collation. Toute
la compagnie s'y trouva, & ce fut
une image de cette candeur champêtre qui tint fi long-tems nos bons
aïeux loin des villes & des cours.

S'il eft permis de fe fouvenir d'un
chien, je trouvai fi plaifant le cour-

roux d'une petite chienne appellée *Zémire*, qui, malgré sa douceur, entra dans la plus vive colere, lorsqu'on lui dit à l'oreille que j'étois Indien. On eut beau faire, on ne put pas l'appaiser, quoiqu'elle ne gronde jamais; d'où il s'ensuit que les animaux, ainsi que nous, sont susceptibles de préjugés, & que Descartes, en les croyant des automates, donna dans une ridicule erreur.

Nous passâmes dans une magnifique avenue qui nous conduisit à Maisons, château jadis renommé pour ses superbes grilles que tout voyageur venoit admirer, & que l'audace d'un valet osa faire enlever : ainsi les grands seigneurs sont toujours victimes de ceux qui les servent.

Quoique à quatre lieues de Paris, nous apperçûmes le dôme des Invalides, dont tous les minarets semblent des diminutifs, & ce fut en marchant à petits pas que notre jeune officier nous raconta, dans une description qui faisoit tableau, son voyage de Pologne. Il venoit de Léopold, où il avoit vu les étincelles du feu qui brûle Cochim, & qui porte ses flammes jusque sur les bords du Danube avec tant de fureur; il nous parla de cet illustre Polonois (le Comte Severin Rzévuski, Général de la Couronne), qui perdit sa liberté pour soutenir celle de sa nation, & pour l'empêcher de tomber dans le précipice que la lâcheté des chefs avoit creusé. Ce qu'il nous en dit me remplit d'admiration, & je m'écriai : Que n'étoit-il alors soutenu par l'immortel Hyder-Aly, sa République subsisteroit encore, & ceux qui l'ont divisée n'auroient pas osé l'essayer.

Le hasard quand on voyage,

amene les chofes les plus fingulieres & les plus éloignées ; on rencontre des perfonnes de toute condition & de tout pays, qui par des récits font paffer d'une région à l'autre avec une rapidité furprenante.

Je revins à la ville dans un cabriolet qui me fembloit être à deux étages, & dont la chute à tout moment s'offroit à mon efprit comme le feul avantage d'une telle voiture ; mais les Anglois l'ont imaginée, & il faut fe taire. Pour moi, je n'aurois jamais foupçonné les François de fe, laiffer vaincre fur l'article des modes. Ce fut toujours leur triomphe & leur prépondérance. Paris, en ne s'attachant à faire que de jolies chofes, auroit fini par couler à fond ceux qui ne fe diftinguent que par des fingularités.

Voilà tout mon efprit d'aujourd'hui ; celui de demain fera peut-être plus lefte ou plus gai, felon la difpofition du corps qui nous meut. On difoit d'un auteur qu'il étoit extrêmement aimable quand il avoit bien digéré, & que l'impiété des philofophes étoit dans fon eftomac; il n'y avoit plus de Dieu lorfqu'il fouffroit. Je t'apporterai tous les ouvrages de Buffon, dont Pline eût fûrement été l'admirateur & l'ami. Il n'a pas tout fu, parce que la nature qui femble tout dire, aura toujours des fecrets en réferve; elle parle fans ceffe aux yeux, fouvent à l'efprit, mais rarement à l'ame, parce que l'homme eft trop diffipé. Adieu.

Paris, 1788.

LETTRE CLIV.

A Glazir.

ON accommode ici l'amour de mille manieres différentes. On en fait un Protée qui prend toutes les formes; on le met en brochures, en estampes, en tableaux, en tabatieres, en cygne, en hermite, en gazes, en rubans, & avec tout cela l'on ne s'en aime pas davantage.

Il n'y a rien de plus froid que l'amour conjugal, rien de plus variable que celui des amans. On n'aime que soi, me disoit une dame désolée de voir ses atours, comme ses appas, absolument inutiles. Elle a beau tendre des filets, l'on ne s'y laisse prendre que pour vingt-quatre heures, parce qu'on aime le changement.

L'amour cesse, pour l'ordinaire, où le libertinage commence. J'ai voulu savoir, des Parisiens mêmes, d'où venoit la véritable cause du désordre, & ils m'ont dit : Que les jeunes gens, libertins de bonne heure, ne donnoient plus les prémices de leur amour aux femmes qu'ils épousoient ; qu'ils étoient dégoûtés du mariage, avant même de se marier ; que les épouses, mécontentes de ce procédé, portoient ailleurs leur attachement ; & que l'amour, ainsi ballotté, n'étoit plus qu'une ombre de lui-même.

Il faudroit ici quelques degrés de notre soleil pour réchauffer l'amour & l'amitié, & les mettre à leur terme fixe. L'amour est un arbre immense, planté sur un terrein brûlant, qui ne produit que des fruits venimeux, s'ils ne sont entés sur le mariage.

L'amour, d'ailleurs, se perd en paroles, lorsqu'en prose, comme en poésie, il ne cesse de bavarder. Le véritable amour n'est pas causeur.

Mais je passe à une petite aventure dont il faut que je te fasse part. Un petit être, moitié gris, moitié noir, car tout est petit dans cette affaire, frappe à ma porte, me présente une petite figure, & vient m'offrir ses petits services ; c'étoit un petit abbé qui desiroit me servir d'antiquaire & d'introducteur.

Il y a trois sortes d'abbés, me dit-il ; des abbés édifians, éclairés, qui honorent leur ministere ; des abbés scandaleux, qui en font la honte ; enfin des abbés frivoles qui vivent comme ils peuvent, & qui font de petits riens pour se procurer une petite existence.

Je suis un de ces derniers, & je vais vous dire, monseigneur

(titre

(titre qu'il répétoit fréquemment),
que je puis vous être utile. Je fais
toutes les commissions qu'on me
donne. Veut-on des brochures gail-
lardes ? en veut-on de sérieuses ?
je les achete avec promptitude. Si
c'est une dame qui m'occupe , je
brode , je découpe , je couds , je
soigne le petit chien , je compli-
mente le perroquet , j'excuse les
domestiques pour être toujours bien
avec eux , je cours chez le médecin,
j'indique la meilleure marchande de
modes , j'écris les billets, je fais,
en un mot , tout ce qu'on veut.

Si c'est un seigneur qui me donne
sa confiance , je l'accompagne dans
tous les endroits où il y a quelque
curiosité ; je lui donne le bras lorsqu'il monte en voiture , je lui tiens
le parapluie ; quelque chose qu'il
dise , toujours j'applaudis ; en un

mot, je m'arrange de maniere que, s'il vouloit me prendre, je partirois avec lui.

Nous fommes plus de cent à l'affût des étrangers qui arrivent ; nous rendant néceffaires par nos complaifances & par nos petites façons, nous attrapons par-ci par-là quelques quolibets , quelques airs dédaigneux , mais nous n'en tenons aucun compte.

Eh! qu'importe qu'on foit perfiflé, pourvu qu'on vive ? Nous rions les premiers de la maniere dont on nous traite dans les fpectacles comme dans les brochures. Il femble que les comédies burlefques & les pamflets n'auroient rien de piquant, fi nous n'y étions pour quelque chofe. Un auteur eut bien l'infolence de me fixer pendant une demi-heure au Palais-Royal , & de me dire ,

orfque je lui en demandai la raifon :
Qu'il avoit befoin de ma figure ori-
ginale pour faire un caractere de comédie qui lui manquoit. C'eſt alors
qu'on fe repent de n'être pas homme
du monde, & d'avoir un petit collet
u lieu d'une épée.

L'abbé me parut plaifant. Je lui
is donner à dîner ; il étoit affamé.
e le priai de me raconter quelques
ventures des abbés méfédifians , &
l s'en défendit , en me difant qu'ils
e défhonoroient affez eux-mêmes ,
ans avoir encore des détracteurs.
On les rencontre par douzaine aux
pectacles, & s'il falloit les fuivre,
où ne les trouveroit-on pas ?

C'eſt à Paris qu'ils diffipent leurs
evenus ; tu conviendras que c'eſt
faire un noble ufage des biens de la
eligion. Je voudrois voir revenir
es donateurs. Quelle feroit leur fur-

prife ! Ils entreróient dans une fainte fureur, & ces abbés amphibies s'anéantiroient fous le poids de leur jufte indignation.

Paris, 1788.

LETTRE CLV.

A Glazir.

THÉOLOGIE, métaphyſique, hiſtoire, médecine, phyſique, poéſie, tout cela nous eſt offert en détail tous les matins d'une maniere raviſſante. Des feuilles volantes, qui en font les extraits, ſe répandent dans toutes les maiſons, & l'eſprit s'en nourrit d'une maniere autant utile qu'agréable. Les ignorans y trouvent un grand avantage, & les ſavans mêmes y reconnoiſſent des traits qui rafraîchiſſent leur mémoire.

Paris, moyennant ces reſſources journalieres, force, pour ainſi dire, ſes habitans à s'inſtruire. Il y a toujours des nouveautés qu'on eſt charmé de connoître, & les analyſes qu'on y fait des livres qui paroiſſent, ſont tout-à-la-fois utiles aux personnes qui n'ont pas le tems de les lire, & à celles qui n'ont pas le moyen de les acheter.

Tu dois savoir que le journaliste est celui qui rend compte des ouvrages, & que, quoique la critique des journaux ne soit pas toujours impartiale, elle corrige les auteurs & revendique le bon goût.

Depuis que je les lis, je suis presque au courant de la littérature Françoise, & je trouve matiere à pouvoir converser. Il y en a qui attendent impatiemment cette ressource pour briller. Sans les journaux, ils n'auroient pas le mot à dire, & en citant quelques anecdotes & quelques phrases qu'ils placent avec adresse, ils passent pour des hommes très-instruits.

Cela ressemble à ce que me disoit l'autre jour un homme renommé pour

les jolis vers ; je n'en ai jamais fait,
me dit-il , mais je fais extraire avec
adreſſe , des odes, des élégies , des
épigrammes du ſiecle dernier , &
je paſſe pour un eſprit original. L'audace fait ſouvent ici les trois quarts
du mérite & par conſéquent de la
réputation. Adieu.

Paris , 1788.

LETTRE CLVI.

Durtabeck à Zator.

Je t'écris sans savoir si ma lettre te parviendra. Je te parle dans le transport de mon amitié, sans être sûr si tu résides encore à Paris. Quoi qu'il en soit, je me satisfais, & des côtes de la mer Rouge, j'abandonne ma lettre au gré des élémens. Je leur adresserois une ode, en actions de graces, si j'étois assuré qu'ils seront fidelles à remplir mes desirs.

N'est-il pas vrai que ce Paris te plaît, & que, malgré ses désordres, on y trouve encore plus de raison qu'ailleurs ? Il est vrai qu'avant de la rencontrer, il faut écarter bien des frivolités ; mais Rome, mais Athenes, malgré toute la gloire dont elles jouissent aujourd'hui, ne va-

loient

loient pas mieux. On les loue depuis plus de vingt fiecles , & voilà
ce qui leur donne un air de confi-
dération.

Souviens-toi que je fuis de moitié.
dans toutes tes jouiffances, & conféquemment fais moi jouir de ce
qu'il y a de mieux dans les fciences,
dans les arts , dans les nouveautés.

Ce tems où j'étois à Paris valoit
bien celui-ci. L'on n'y avoit pas tant
raffiné fur les modes & fur les écrits ,
mais on n'y donnoit pas dans les
extrêmes. Il eft une certaine modération qui paroît moins piquante ,
mais qui n'en a pas moins fon mérite.

Les femmes d'alors n'alloient
qu'avec une certaine réferve dans
la route des plaifirs. Elles avoient
un air de fageffe, lors même qu'elles
s'en écartoient.

Tome II.   D d

Fais provifion de tout ce que tu pourras entendre & voir d'intéreffant, afin de nous inftruire ou de nous amufer lorfque nous nous verrons. Mais, quand fera-ce ? Le ciel le fait, lui qui nous conduit dans les fentiers ténébreux de cette vie.

J'ai eu des maladies, des malheurs, c'eft-à dire tout le cafuel attaché à notre pauvre humanité ; pour me confoler, j'anticipois en efprit, le tems où cela finiroit ; car, hélas ! nous fommes encore plus heureux ou malheureux en imagination qu'en réalité. Je me fuis vu feul, ayant perdu mes trois efclaves. Je les ai foignés, jufqu'au dernier moment, comme des freres dont la providence m'avoit chargé. Ils m'ont donné mille bénédictions lorfque je leur fermois les yeux. Hélas ! leur cendre eft maintenant loin de moi, & peut-être que leur ame eft voifine de la mienne. Myfteres impénétrables, que j'abandonne à celui qui feul peut en connoître, & qui ne veut pas nous les révéler ici bas. Adieu. Si tu conferves ta gaieté, tu feras tou-jours heureux.

Des bords de la mer Rouge.

LETTRE CLVII.

A Glazir.

J'AI été malade pendant quelques jours, ne dormant pas, ce qui m'inquiétoit, quoique je ne sois pas dormeur : quatre heures de sommeil me suffisent sur vingt-quatre.

On me procura, pendant ma maladie, la visite d'un médecin de la République de Luques, qui ne sait rien, mais qui guériroit tout le monde par son esprit enjoué. Il me conseilla tout ce qui me feroit plaisir, en disant, du ton le plus original : Que la maladie ne pouvant entrer lorsque tout étoit plein, il n'y avoit nul risque de manger, quand on se portoit bien. Il est grand ennemi de la diete, persuadé qu'un morceau chasse l'autre, & qu'il n'y

a qu'à doubler & tripler la dose des
alimens, lorsque l'estomac souffre
pour se guérir.

Il laisse presque tout le soin des maladies à la nature, prétendant qu'elle
est bonne ravaudeuse, & qu'elle fait
reprendre parfaitement les mailles
qui s'échappent dans notre consti-
tution. Ce furent ses termes.

En conséquence de sa méthode,
il est le médecin de je ne sais combien
de François & de prélats, qui sur-
tout pensent qu'il vaut mieux aller
dans l'autre vie bien rassasié qu'à jeun.
—Le voyage est en effet assez long
pour se précautionner, d'autant plus
que sur la route il n'y a peut-être
pas de cabarets ; quoiqu'une bonne
dévote, qui aime beaucoup à manger,
croit que les saints tiennent auberge,
pour gîter les élus jusqu'à ce qu'ils
arrivent au palais de l'Eternel.

J'usai de la recette du docteur ;

néanmoins avec modération , & je
m'en trouvai mieux. Il y avoit huit
jours qu'on m'arrachoit le pain , &
qu'on ne me donnoit que quelque eau
de poulet. Il est rare que les mé-
decins ne donnent pas dans les extrêmes , & qu'ils ne conseillent pas
le régime adapté à leurs goûts ou
à leurs préjugés. Le médecin qui
ne prend point de café , ne man-
quera pas de l'interdire à tout le
monde.

Tous les malheurs venoient de la
soupe , chez un nommé Tronchin ,
parce qu'il ne l'aimoit pas , & du
thé, chez le docteur Tissot , parce
qu'il l'a pris en aversion.

Voilà ce que me disoit un homme
qui n'a d'autre défaut que d'être
ennemi de Boherave , & de lui
refuser la qualité de médecin.

Que d'opinions dans le monde
dont la prévention est le principe !

Et qui eſt-ce qui pourra nous dire ce que c'eſt que l'opinion ? Elle s'élève, elle s'accroît, & inſenſiblement elle devient plus forte que tous les jugemens & que toutes les autorités poſſibles. Elle ſoumet les Rois mêmes à ſon tribunal, & ſi tôt qu'elle a prononcé, elle entraîne la multitude d'une maniere étonnante. On la voit dominer les campagnes, les villes, & ſubjuguer tous les eſprits.

Il y a des gens qui n'ont de mérite que par l'opinion, des actions qui ne ſont belles que dans l'opinion; & le public eſt forcé de les enviſager ſous le même œil. Adieu; je ſuis ton eſclave, plus que tes eſclaves mêmes, par la maniere dont tu fais enchaîner mon eſprit & mon cœur.

Paris, 1788.

D d iv

LETTRE CLVIII.

A Glazir.

ON ne mange plus , on n'a plus d'appétit, c'eft du bel air , c'eft du bon ton. L'on abandonne la gourmandife aux financiers , la friandife aux abbés , & dès qu'on a vingt-cinq ans , on n'oferoit fouper, parce qu'on eft déja vieux. C'eft la mode de le dire , & quelquefois cela n'eft que trop vrai.

Il y a quelque tems que j'affiftois à un grand fouper , & fur quarante perfonnes que nous étions , il n'y en eut que neuf qui fe mirent à table. Etonné de cette fingularité , je dis à mon voifin : Toutes ces perfonnes là font fans doute malades , & je m'étonne de les voir auffi tard. — Elles fe portent, pour le moins , auſſi bien que vous, me répondit-il; mais ſeroient-elles tourmentées de la faim, elles ne ſe mettroient pas à table, parce que ce n'eſt plus la mode. On faiſoit cinq repas autrefois, maintenant on en fait à peine un. Le déjeûner, le dîner, la collation, le ſouper, le réveillon, tout eſt ſupprimé. Je connois une marquiſe qui ne mange qu'à deux heures du matin, moment où elle ſort du jeu, parce qu'elle ſeroit déſeſpérée qu'on la vît manger. S'il n'y avoit des paraſites, on oublieroit la méthode de ſe mettre à table; & cela eſt ſi vrai, qu'on s'y met aujourd'hui le plus tard qu'on peut. On prétexte les affaires du matin, & ſi l'on en excepte un certain nombre, la plupart des grands n'en ont aucune.

Les François ſont recherchés dans leurs repas, ſi l'on fait attention à la maniere dont ils les préparent;

mais quòique leur pays produife d'excellens vins, il y en a rarement à
leur table. L'étranger les boit pour
eux, & ce n'eft pas toujours à leur
fanté, fur-tout quand c'eft à Londres.

Le grand prophete, qui nous a
privés du vin, ne nous a pas em-
peché d'en parler. Tous les Légif-
lateurs ont ordonné des privations,
pour nous apprendre que la vie fen-
fuelle n'eft pas celle d'un être rai-
fonnable. — Adieu.

Paris, 1788.

LETTRE CLIX.

A Glazir.

UNE fête se donnoit à la campagne dans un de ces jours où le peuple chrétien honore la mémoire de quelque saint. Le sacré s'y trouve avec le profane. Ici ce font des prieres & des chants ; là , des danses & des rendez-vous où l'on s'évertue , & où l'on s'enivre.

Je voulus être témoin d'un pareil spectacle , & l'on me conduisit chez le seigneur du lieu , qui avoit la plus grande chere & la meilleure compagnie. L'urbanité Françoise s'y manifesta de la maniere la plus engageante , & les convives eurent chacun pour moi la plus grande attention. L'on me questionna beaucoup , plutôt par curiosité , que par envie de s'inftruire ; mais c'eft un tribut qu'il faut payer.

Comme j'entendois un perfonnage qu'on écoutoit attentivement , & qui décidoit en maître fur tous les autres , & fur tous les écrits , je dis à un chevalier de Malte que je connoiffois : C'eft là fans doute un de vos premiers favans , un homme qui aura donné d'excellens ouvrages au public ?

Lui ! me répondit-il , c'eft un perfonnage abfolument nul parmi les auteurs , qui n'a de mérite que la manie de dénigrer tout ce qui lui tombe entre les mains , qui joue le difficile à l'égard des productions littéraires , foit en profe , foit en poéfie , & qui n'écriroit peut-être pas une feule page , fans y mettre plufieurs fautes.

On n'eft point ici la dupe de ces cenfeurs amers. On connoît leur

portée , & l'on se rit de leurs re-
marques. S'ils avoient du talent ,
ils seroient indulgens. Celui-ci fait
son possible pour usurper une réputation , mais il n'a pu encore y parvenir , quoiqu'il n'y ait rien de plus
commun.

Mais comment s'y prend-on ,
lui dis-je , pour accaparer la renom-
mée , & pour l'avoir à ses ordres?
Il me fit voir que moyennant des
dîners , il n'y a rien de plus facile
que d'avoir des prôneurs. Le plus
petit mérite devient important quand
nous avons des gens qui nous prô-
nent. Ce font des zélés qui ont la
voix haute , qui se répandent de
toutes parts , & qui , tantôt chez les
grands , tantôt dans les endroits publics , exaltent celui qu'ils veulent
ériger en homme célébre. Ils vantent
ses ouvrages ; ils répetent son nom,

& ne manquent pas de faire valoir des éloges qu'on feme dans les journaux avec adreffe, tandis que l'homme modefte, qui n'a pour lui que des talens & des vertus, refte dans l'obfcurité. L'on va jufqu'à déprifer fes productions, fans les avoir lues, fur-tout s'il ne fe mêle pas avec les beaux efprits, & s'il ne leur fait pas la cour.

D'après cela, je vois, mon cher Glazir, que la cabale eft ici le grand véhicule de bien des auteurs & de bien des gens en place; qu'ils ne paroîtroient que des nains, s'ils n'avoient pas la faveur pour piédeftal. On cabale pour mettre en vogue un ouvrage, on cabale pour obtenir une place à l'Académie, on cabale pour avoir des louanges. Et c'eft par ce moyen qu'on acquiert une réputation. Je vois que l'efprit de parti va jufqu'à vouloir étouffer les talens, jufqu'à dénigrer les mœurs, quand il ne peut obfcurcir le génie.

Paris eft réellement un fonds iné-puifable de réflexions en tout genre, quand on veut tout obferver. Les quatre parties du monde s'y trouvent confondues, de maniere que fans fortir de cette immenfe capitale, on y découvre l'Afie, l'Afrique & l'Amérique. C'eft un fol imprégné du génie de ces diverfes nations. L'un, dans fes ouvrages, a l'énergie de l'Indien, l'autre, dans fon art, l'induftrie du Chinois.

Ce qui fait que l'autre jour, en m'amufant au milieu d'un monde choifi, je divifois Paris en quatre portions, donnant à chacune le nom d'une des quatre parties du globe.

Le qartier St. Honoré étoit l'Europe, celui de St. Antoine, l'Afrique, celui de St. Germain, l'Afie,

celui de l'ifle St. Louis, l'Amérique.
Autant de faubourgs qui ne fe
reffemblent réellement pas, où l'on
trouve un efprit plus ou moins vif,
des mœurs plus ou moins douces.

Tu ne croirois pas qu'on a tellement
abattu l'étiquette pour la maniere
de s'habiller, que les plus grands
feigneurs courent le matin, mis
comme leurs valets, fans avoir aucune marque de diftinction. Ils difent
que c'eft plus commode, que l'*incognito* leur épargne bien des falutations
qu'il faudroit rendre, & bien des
regards qui les importuneroient. Je
conçois cette vérité; mais combien
n'y a-t-il pas d'inconvéniens pour
les bonnes mœurs, fur-tout quand
c'eft un jeune prélat qui fait difpa-
roître fa croix! Ce fut un crime,
autrefois parmi eux, de cacher la
marque de leurs dignités; mais aujourd'hui, monfeigneur entre ici,

fort

fort de là fans être apperçu. Dieu
veuille qu'il ne fe ferve de ce dé-
guifement que pour faire des au-
mônes fecrettes ; mais ....

De Paris, 1788.

LETTRE CLX.

Glazir à Zator.

Les siecles passés, comme des feuilles extraites du livre des destins, & que l'Eternel a déchirées, sont donc engloutis pour jamais dans cet abîme où tout se précipite, d'où rien ne sort, & où les années qui composent notre vie tombent imperceptiblement.

C'est là, mon cher Zator, une de ces réflexions que je fais en attendant ton retour. Rien ne favorise les rêveries comme l'absence d'un ami. La nature, qui se rembrunit alors, jette l'ame dans des méditations sérieuses, & rend philosophe, de maniere qu'on ne peut s'en défendre. J'ai remarqué qu'on ne pouvoit analyser le tems sans s'affliger.

Nous ramenant toujours à des heures passées dont on regrette la perte, & nous laissant toujours entrevoir un avenir où l'on n'est pas sûr d'arriver, il ne nous offre qu'un présent qui finit au moment même qu'on en parle.

Il y a, cependant, un moyen d'écarter ces tristes pensées, & voilà ma recette. Je ne vais jamais au-delà du jour qui luit, & je me dis, en me levant : Passons-le sans inquiétude & sans nous occuper du lendemain, sur lequel nous n'avons aucun droit, & qui, pour le monde entier, est un être imaginaire, une chose qui n'existe pas, ne pouvant avoir de réalité.

Cela revient à la réponse d'une de nos Indiennes, qui, fâchée de ce qu'on la taxoit d'avoir quatre-vingts ans, répondit avec fureur : L'on en a menti ; je défie qu'on puiſſe avoir ce qui n'exiſte plus.

Il y auroit bien moins de malheureux dans l'univers, ſi chacun ſe diſoit, en ſe levant : Je n'ai que ce jour dont je parois aſuré. Ce ſont toujours les inquiétudes de l'avenir qui tourmentent les hommes, avenir dont on n'eſt pas certain, & qui arrive preſque toujours différent de ce qu'on a prévu.

Je raſſemble tes lettres, & cela me fait un petit Paris en abrégé, bien entendu que l'édition augmentera, dès que nous nous verrons.

Mais il y a ſur le tems un problême à réſoudre, & dont je te demanderai le ſolution. Comment ſe peut-il faire qu'un homme de quarante-cinq ans, ayant le double de l'âge de celui qui n'en a que vingt & cinq au-delà, n'aura plus que la moitié de l'âge du jeune homme en queſtion, dès qu'il ſera parvenu à la cinquantieme année? Je ne puis comprendre ces cinq ans de plus qui diſparoiſſent.

Tu me diras que ce ſont des obſervations d'un homme qui n'eſt pas géometre, & tu auras raiſon. La géométrie m'a toujours paru trop aride pour m'y livrer. Les gens qui ſe plongent dans cette étude, finiſſent par être automates. Ils ont des oreilles & des yeux, comme le reſte des hommes, mais c'eſt pour ne rien entendre & pour ne rien voir. Ils ne ſont bons que dans leurs cabinets.

Cet ingénieur François que nous avons connu, s'il t'en ſouvient, ſembloit un homme mort pour la ſociété, & perſonne n'avoit envie de le reſſuciter.

A Scheringapatnam. 1788.

LETTRE CLXI.

A Glazir.

TES lettres ont pour moi le brillant de l'arc-en-ciel, & mon ame en est tellement transportée qu'elle se croit Reine de l'univers. Tel est l'effet de cette précieuse amitié qui seroit le tréfor des mortels, si les passions ne déroboient aux yeux sa richesse & sa beauté.

Dans le sein de l'amitié, point de nuages, point de bourrasques, point de tempêtes; elle écarte avec douceur tout ce qui peut obscurcir & troubler; toujours la même, toujours riante, toujours tranquille.

Eh! pourquoi dit-on qu'elle ne subsiste plus, tandis que nous la sentons respirer sur nos levres, palpiter dans nos cœurs? Hélas! je ne

crains pas de m'avancer , il faudroit
nous anéantir pour qu'il nous fût
poſſible de ne pas nous aimer.

J'ai l'univers avec moi quand j'ai
mon ami ; je ne ſuis plus qu'un
quart de moi-même , quand je m'en
vois privé : ſentiment heureux , ſentiment délicat qui par des liens im-
perceptibles unit deux perſonnes de
la maniere la plus forte , quoiqu'à
des diſtances infinies.

Il feroit bon , pour empêcher la
preſcription , de remettre de tems
en tems ſous les yeux des humains
ces grands traits d'amitié qu'on lit
dans l'hiſtoire. Rien ne me frappe
autant que ce ſoldat qui, voyant ſon
ami mort après un cruel combat ,
tombe ſur lui, l'embraſſe & meurt
lui-même ; que ce généreux Indien
qui ſous les coups de ſabre, ſe ſubſ-
titue à la place de ſon ami, & qui
expire pour lui ſauver la vie ; que

ces deux illuftres Efpagnols qui, lancés au milieu des mers fur un efquif qui n'en pouvoit fauver qu'un, aiment mieux périr que de furvivre l'un à l'autre.

Il y a des nations plus ou moins fufceptibles d'amitié. Celles qui ont de la rudeffe ou de la légereté font rarement capables d'éprouver ce doux fentiment qui exige du liant & du folide. L'Indien, mon cher, & je le fens par moi-même, eft immuable en amitié, quand il l'a prononcée dans fon cœur, & jurée fur la loi de notre divin Prophete. Que la nôtre foit à jamais le modele de tous ceux qui doivent s'aimer dans la fincérité de leur ame ; elle a commencé prefque avec notre vie, & elle fera éternelle comme ce principe indeftructible qui eft en nous.

On régale continuellement nos Ambaffadeurs de feux d'artifice,

parce

parce qu'on a su qu'ils les aimoient,
& que Paris est un pays où l'on va
au-devant de tout ce qui plaît aux
étrangers ; aussi m'ont-ils répété plus
d'une fois qu'ils étoient extrêmement
sensibles à ces généreuses attentions.
Ils doivent chasser avec le Roi, nouvelle faveur dont ils seront extrêmement reconnoissans.

Je t'embrasse avec cette effusion
dont s'applaudit l'amitié, & qui
étend mes sentimens pour toi autant
que la rosée se répand sur les prairies,
lorsque l'aurore la distille en rubis.

Paris, 1788.

LETTRE CLXII.

A Solime, à Nirife, à Palmyra.

Mon amour n'a varié ni d'une feule minute, ni baiffé d'un feul degré, depuis que notre union a lié nos cœurs par un nœud indiffoluble ; j'en attefte mon cœur, lui qui, le répertoire de mes fentimens les plus fecrets, foufcrit à mes expreffions. Si j'ai mis les mers entre vous & moi, ce n'a été ni par inconftance ni par dégoût, mais pour apprendre les moyens d'occuper mon ame, qui feroit mon plus cruel tourment, fi elle n'avoit pas une nourriture proportionnée à fes defirs ; elle brûle de connoître, & il falloit entretenir ce feu d'une maniere utile. D'ailleurs, j'ai cru devoir à ma patrie l'avantage de m'inftruire pour la fervir plus efficacement, comme j'ai penſé que mes enfans en ſeroient beaucoup mieux élevés, quand je pourrois leur départir des lumieres qu'on n'acquiert qu'en voyageant.

Nous ne ſommes plus dans ces tems barbares & ſtériles où l'on chériſſoit l'ignorance comme le ſouverain bien, où l'on ne voyoit que des hordes de brigands. Les François comme les Anglois ſont venus juſqu'à nous, & ils nous ont forcés à nous éclairer ſur bien des points.

L'amour conjugal n'eſt point comme ces amours paſſagers qui n'exiſtent qu'un moment; il tient tellement à l'ame, que ni les tems ni les lieux ne peuvent l'altérer, pour peu qu'un homme ſoit honnête.

D'ailleurs vos vertus & votre beauté vous garantiſſent des ſoupçons que vous pourriez avoir. Toutes les fois que vous vous regardez dans ces

eaux limpides auſſi liſſes que la glace
la plus polie, vous devez vous dire à
vous-mêmes que je ſerois un inſenſé
ſi je vous faiſois une infidélité. Vos
levres plus brillantes que le corail
ne ſortent point de mon cœur, &
je n'attends que le moment heureux
de les rapprocher des miennes &
de confondre mes ſentimens avec
les vôtres, afin qu'il n'y ait jamais
qu'une ſeule ame entre nous.

Que ne me direz-vous pas de
gracieux quand vous ſaurez de ma
propre bouche qu'au milieu de tant
d'enchantemens dont Paris eſt le
lieu, je n'ai apperçu que vous?
Adieu, mes cheres & tendres épouſes;
je ſuis charmé d'apprendre que vous
vivez en paix, que l'eſclave qui
avoit oſé prévariquer eſt rentré dans
ſon devoir, & qu'il n'y a plus d'autre
inquiétude pour vous que celle de
ne pas me voir. Vous vous affligez

de ce que je suis tant éloigné ; mais, comme je vous l'ai déja marqué, il n'y a point de distance pour les ames, & s'il falloit s'affliger parce qu'on ne se reverra peut-être plus, il faudroit pleurer tous les soirs en se retirant, puisque personne n'est assuré de revoir le lendemain. Je vous embrasse toutes également sous les auspices de notre divin Prophete.

Paris, 1788.

Ff iij

LETTRE CLXIII.

A Glazir.

J'AI vu rentrer, comme je te l'ai dit, le Sénat augufte que le Monarque avoit difperfé. Quand Thémis viendroit elle-même fur terre, elle n'y paroîtroit pas avec plus de majefté. C'eft dommage, m'a-t-on dit, que cette pompe extérieure foit obfcurcie par les nuages de la chicane, qui fe plaît à éteindre la lumiere, pour qu'on ne marche plus que dans les ténebres; on confume en frais le pauvre plaideur, & l'avocat qui défend fa caufe lui nuit fouvent par des efforts d'éloquence.

La maniere de plaider eft impofante. Un homme en grande robe noire, plaide devant quarante ou cinquante Magiftrats, qui, par leur gravité, leur coftume, femblent retracer le Sénat Romain. La juftice eft fi facrée par elle-même, qu'on ne fauroit trop la vénérer par un culte extérieur ; il femble qu'il manqueroit quelque chofe à des Juges qui n'auroient pas des vêtemens diftingués; des habits de cérémonie font un effet furprenant ; mais il n'y a point de différence entre la maniere dont font habillés les confeillers, les avocats, les procureurs, & il me femble qu'il en faudroit une.

Le Parlement, comme tous les corps du monde, a des détracteurs, & il faut avouer que fouvent l'humeur s'en mêle. S'il ne fait point de remontrances, on lui reproche fa timidité ; s'il en fait, on le dit téméraire.

Il arriva l'autre jour une fcene tragi-comique à ce fujet ; c'étoit dans

un café : une espece d'étranger per‑
doit haleine à force de crier contre
les Parlemens qu'on devroit, disoit‑
il, anéantir si l'on faisoit bien. Un
avocat qui connoissoit le quidam,
lui répondit : Peut‑être, monsieur,
que votre épaule vous fait encore
mal. Le Parlement de Touloufe l'a‑
voit marqué d'un fer chaud pour
escroquerie : il disparut & ne de‑
manda pas son reste.

Les troubles des Parlemens en
France ne font venus que des en‑
registremens; s'ils y avoient toujours
renoncé comme ils font aujourd'hui,
jamais on ne les eût inquiétés.

Je te porterai quelques plaidoyers
& quelques réquisitoires de l'avocat‑
général Séguier, cet homme unique
qui, depuis si long‑tems l'oracle du
Barreau, rajeunit son génie comme
il veut, & lui donne toujours une
nouvelle force. Les Empereurs, les

Rois font venus l'entendre & l'admirer, & il n'en eft pas moins
modefte. Il penfe que les louanges
maintenant prodiguées à tort & à
travers ne fauroient plus affecter un
grand homme, & que c'eft la pof-
térité qu'il faut regarder, & non un
tas de petits êtres dont le fuffrage eft
auffi frivole que leur efprit.

Ta vive affection pour la langue
françoife doit t'attacher d'avance aux
mémoires que je te promets.

Paris, 1788.

LETTRE CLXIV.

A Glazir.

LA prévention a dans ce pays la
plus grande influence, & elle eſt
preſque toujours injuſte. Un auteur
eſtimable ſe trouva il y a quelques
jours dans une maiſon où j'étois,
& où il vient beaucoup de monde.
Un homme qui lui en vouloit, je
ne ſais pourquoi, car ils ne s'étoient
jamais vus, prend un autre pour
lui, & convaincu qu'il étoit ſous
ſes yeux, crie, tempête, lui trouve
une phyſionomie déteſtable, un eſprit au-deſſous du médiocre, & lui
lance des regards mépriſans.

Le moment vint où on le dé-
trompa, & il ne put revenir de ſa
ſurpriſe. Il y a tous les jours des
incidens de cette nature, & cela ne

corrige pas. On va même jusqu'à
dire qu'un homme en place, &
fur-tout un Souverain, ne doit jamais
se rétracter, principe d'autant plus
détestable, qu'on se croiroit infail-
lible, & qu'on finiroit par être
tyran. Les Rois les plus absolus re-
connurent qu'on les avoit trompés,
& se hâterent de remettre les choses
dans leur premier état.

J'ai voulu descendre dans les ca-
chots pour y voir le terrible effet de
la dépravation du cœur; je t'avoue
que je fus indigné de voir qu'au sein
de la France on traitoit les malheureux avec tant de cruauté; point de
livres, point de lumieres, point de
consolation, comme s'il falloit ré-
duire au désespoir ceux qu'on a privés
de la liberté & qu'on va dépouiller
de la vie.

Il n'y a qu'une extravagante dureté qui ait pu imaginer un pareil

fupplice. On s'attend avec raifon que
M. Necker , dont les talens fupé-
rieurs opéreront infailliblement le
bien de la France , abolira cet ufage
barbare.

Je n'ai parcouru les prifons que
pour y voir des abus. Celui de faire
payer quarante-cinq livres par mois
une chambre horrible à la vue , n'eft
pas moins révoltant. Il n'y a point
d'exactions plus redoutables que celles
des geoliers. Tout paffe par leurs
mains , & , pour en obtenir la
moindre douceur , il faut les payer
outre-mefure. Un prifonnier ne devroit jamais payer fa prifon , d'autant plus qu'il fe trouve privé de
toute reffource ; eh ! comment, outre
cela , veut-on qu'il paie fes dettes ,
quand on lui vend les chofes les
plus communes au poids de l'or?

Il m'a paru qu'on deviendroit mauvais fujet dans ces lieux d'horreur,

quand même on auroit un heureux penchant ; on s'y voit forcé d'habiter au sein de tous les vices & d'entendre les plus affreux propos. Mais quel est le pays sur la terre qui n'ait pas besoin de réformes ? combien un Parisien ne trouveroit-il pas de changemens à faire , s'il passoit dans le nôtre ! Je n'irois là que pour tomber en syncope, me disoit une élégante , quand je ne trouverois ni nos voitures , ni nos bonnets , ni des maris tels que nous les avons ; quand je n'aurois plus notre Palais-Royal, j'expirerois indubitablement. Elle me raconta que , née en province , elle avoit fait vœu de ne choisir un époux que dans ce lieu ; qu'alors, maîtresse de son bien, elle vint chaque jour s'y asseoir pendant trois heures , & qu'après avoir bien examiné la démarche de ceux qui alloient & venoient, elle apperçut l'homme qui lui convenoit. On fe joignit, on fe parla, & comme il arrive que les abbés font maintenant vêtus à la maniere des gens du monde, il fe trouva que c'étoit un abbé ; il n'y eut pas moyen, car il s'agiſſoit d'un mariage. On recommença fes affiduités jufqu'au moment enfin où l'on prit un élégant à groſſe cravate, à boucles d'oreilles, à frac rayé : hélas! il fe prit de querelle dès le lendemain de fes noces avec un étourdi comme lui, & il reçut un coup mortel.

La jeune veuve, qui n'avoit été femme qu'un jour, n'a pas voulu l'être davantage ; elle donna même à fon veuvage un air de virginité, aimant beaucoup mieux qu'on l'appellât Mademoifelle : beaucoup de figure, beaucoup d'efprit, beaucoup de folie, tout cela relevé par une

grosse fortune, la rendent vraiment
intéressante ; elle a des naïvetés qui
ne sont que pour elle ; son seul
chagrin est de ce que Paris n'a pas
le tems en tems de petits tremble-
nens de terre, par la raison, dit-elle,
qu'une aussi grande ville ne doit
manquer de rien.

Elle a une tante dévote qu'elle ne
voit jamais, disant que les personnes
de cette espece n'étant pas faites
pour ce monde, elle lui réserve ses
visites pour l'autre. — On ne peut
s'empêcher de l'aimer à travers ses
extravagances ; elles sont si jolies,
elles sont d'un genre si nouveau,
que cela fait rire les misanthropes
mêmes. Elle tenoit l'autre jour un
gros chien par la patte, comme s'il
lui eût donné le bras, & elle disoit
au milieu d'un cercle nombreux : Ce
Monsieur-là sera maintenant mon
Ecuyer & mon ami ; il mangera tous les

jours avec moi ; nos grands hommes ayant décidé que les bêtes étoient de même nature que nous, je ferois au défefpoir de leur manquer.

On m'enleve pour aller voir Saint-Cloud, château de plaifance qu'on a magnifiquement embelli depuis quelque tems, mais qui n'aura jamais les avantages de Meudon, où la Seine vient en droiture apporter le tribut de fes eaux. C'eft le feul endroit que j'enverrois dans l'Iude, fi j'avois la faculté de tranfporter les montagnes ; il eft fimple, il eft beau, & Paris qui lui fert de perfpective multiplie fes charmes d'une maniere raviffante.

De Paris, 1788.

LETTRE CLXV.

LETTRE CLXV.

A Glazir.

Ce qui me plaît dans le tourbillon de Paris, c'eſt qu'il ne m'empêche point de revenir à moi-même, & que je trouve toujours deux heures dans la journée pour réfléchir ſolidement. Mon ame ſait heureuſement contenir ſes deſirs quand la ſéduction veut m'entraîner.

J'ai choiſi un petit hermitage à une petite diſtance de Paris, où, philoſophant avec moi-même, je me rends aſſez ſouvent. Un ami vient m'y voir quelquefois ; nous mettons le monde dans une balance pour bien l'évaluer, & nous le trouvons bien léger ; mais ce qui m'étonne le plus, c'eſt ce petit monde que nous portons avec nous - mêmes, & qui, le

Tome II.   G g

réfultat de cinq fens dominés par une ame immortelle, nous procure à tout moment les plus heureufes jouiffances.

Comment, d'après cela, peut-on s'ennuyer avec foi-même, s'il eft vrai que dans un clin - d'œil j'ai mille plaifirs dont je fuis entouré? plaifir d'entendre, plaifir de goûter, plaifir de parler, plaifir de fentir, plaifir de voir, plaifir de penfer, plaifir d'imaginer, plaifir de fe fouvenir ; autant de fenêtres que j'ouvre à tout moment, & qui procurent à mon ame des fatisfactions indicibles.

Je calcule chaque matin ce grand nombre de différentes facultés qui font à la difpofition de moi-même, & ce *moi* que je vois fi bien enchâffé me pénetre de la plus vive admiration ; je ferois prefqu'alors tenté de me déifier, tant je me trouve immenfe ; l'univers en effet, fans moi, tout vafte qu'il eft, ne paroît plus rien, de forte que s'il n'y avoit des hommes pour le contempler, pour l'analyfer, il ne feroit qu'un énorme chaos.

L'homme fe jette trop hors de lui, & il en réfulte, non qu'il ne fait plus un tout, mais qu'il n'a plus l'air que d'être un petit point du globe, pendant qu'il le tient foumis à fes obfervations, & que tous les jours il le force à lui rendre compte de fes phénomenes & de fes révolutions.

Ces coups-d'œil jettés fur nous-mêmes opéreroient le plus grand effet, s'ils étoient fuivis de longues réflexions ; mais qui eft-ce qui les fera ? ce ne fera pas le chevalier d'induftrie qui n'a pas trop de vingt-quatre heures le jour & la nuit pour avifer au moyens de duper le pu-

blic, ni ce petit-maître infatué de
fa figure de maniere à ne pas quitter
fon perruquier & fon miroir, ni ce
bel-efprit qui va cherchant dans
tous les auteurs frivoles de quoi fe
faire chaque jour une converfation
toute neuve, ni ce coureur d'aventures qui ne fe coucheroit pas tranquillement, s'il n'avoit vifité des
lieux fufpects, ni cet avare qui
compte fes écus fans jamais s'en
laffer, ni cet efcamoteur de béné-
fices, qui, toujours dans les anti-
chambres ne fait que fe profterner
& dire baffement à tout homme en
place, *Monfeigneur*; ni ce prome-
neur éternel, qui le matin, le foir,
la nuit, ne quitte le Palais-Royal
qu'avec le regret de ne pas coucher
fous les arcades ou dans les cafés,
ni cet idiot qui marmotte tant de
mots dans la journée, qu'il ne s'en-

tend pas lui-même, & qui croit sauver son ame en ne s'occupant jamais de ce qu'elle est.

Je te demande d'après cela où trouver un penseur ? Mais ce monde est si dissipé, qu'on n'en veut plus, qu'on passe pour gothique dès qu'on veut réfléchir ; on garde les pensées, dit-on, pour le siecle prochain, les mots ayant été le partage de celui-ci, car il ne faut pas que tous les siecles se ressemblent. Adieu.

De Paris, 1788.

LETTRE CLXVI.

Solime à Zator.

LA bonne lettre que celle que j'ai reçue de toi ! ton ame y étoit tout entiere : ah ! la pensée de mes pensées, le feu de mes desirs, tu es cette flamme de l'amour qui éclaire & qui embrase ; j'ai cent fois plus d'esprit quand je t'ai lu.

Paris me devient cher depuis que tu l'habites ; je m'y promene avec toi, j'y converse avec toi, j'y vois avec toi tout ce qui intéresse & tout ce qui amuse.

C'est une éruption de mon cœur que je ne puis contenir, tant sa violence est extrême. C'est une terrible chose que le travail de ne rien faire ; je voulus me livrer entiére-ment au chagrin dès que tu fus parti,

& ne voulus avoir d'autre occupation que de favourer ma douleur ; je n'y pus tenir, & je t'avoue qu'il me fallut revenir à mes petits ouvrages, pour ne pas m'abandonner au défespoir.

Ce n'eft réellement que par l'application qu'on peut fupporter l'abfence de ceux qu'on adore. Une de mes amies mourut autrefois martyre de fa douleur, pour n'a oir pas voulu fortir d'une oifiveté léthargique.

Nous avons eu des ouragans, mais la plus cruelle tempête a été dans mon cœur au moment que tu nous as quittés ; tout étoit en défordre dans moi-même, & je ne favois quelle divinité invoquer.

Tu n'as donc point déterminé le moment de ton retour ; je penfe que tu veux nous furprendre, & que tu feras ici lorfqu'une de mes lettres arrivera peut-être dans Paris.

Plaife au ciel ! Je ne ceffe de lui adreffer des vœux pour tes profpérités. Mes fouhaits font intéreffés ; tu ne peux être fortuné que je ne fois réellement heureufe. Adieu. Tes enfans, tes efclaves, tout fe porte bien.

A Scheringapatnam, 1788.

LETTRE CLXVII.

LETTRE CLXVII.

A Glazir.

Des Romans & des libelles, des libelles & des Romans, voilà depuis quelque tems toute la littérature présente ; voilà les mets précieux dont on régale nos esprits. C'est une effervescence que rien n'arrête : talens, vertus, réputation, dignités, malversations, intrigues, trahisons, abus d'autorité, tout est mis dans le même van pour être balotté de même.

Il y a ici des gens, & ils ne sont pas en petit nombre, qui s'acharnent à décrier les hommes vertueux, par le desir qu'ils auroient d'anéantir la vertu même. On la regarde comme une chose importune dont on ne cherche qu'à se débarrasser.

Des dévots n'ont pas peu contribué à éloigner de la vertu. On a

Tome II. H h

pris pour elle-même l'âpreté de leur caractere & leur air farouche, tandis qu'elle ne s'annonce que par la sérénité & par la douceur; on diroit qu'il y a des gens vertueux qui font fâchés de l'être, tant ils paroissent tristes & sérieux.

On ne sauroit croire le bien que j'ai opéré, me disoit il y a quelque tems un bon Dervis qu'on nomme ici Chartreux; j'ai invité nombre de jeunes gens à me visiter par un air toujours riant; & l'affabilité avec laquelle je ne manque jamais de les recevoir en détourne plusieurs des sentiers du vice. Nous avions un prieur austere qui ne montroit jamais qu'un visage refrogné, il n'attira personne, & moi, si j'eusse voulu, j'aurois fait des novices tant & plus; mais la crainte d'engager légérement dans des filets qu'on ne peut plus rompre, des hommes nés pour la liberté, m'empêcha toujours de leur en faire la proposition. S'il n'y avoit point de vœux, à la bonne heure ; mais ils font terribles à porter, quand on n'a pas une vocation décidée.

J'ai conçu la plus haute estime pour cet homme aimable dont l'exemple vaut mieux que les livres de morale. Je racontois ce trait en préfence d'une femme du monde, & elle s'écria : Si j'euffe trouvé un pareil Chartreux, je me ferois fait Chartreufe fur-le-champ, car fi l'on donnoit à la vertu les nuances qu'on donne à nos rubans, je deviendrois tout-à-l'heure dévote ; mais je n'aime le fombre ni dans la conduite, ni fur le vifage, ni fur les habits.

Voilà fans doute une plaifante réflexion, & qui, quoique folle en apparence, ne laiffe pas de renfermer un fens moral. Adieu.

Paris, 1788.

LETTRE CLXVIII.

A Glazir.

QUELLE différence, mon cher Glazir, entre nos uſages & ceux-ci! étrangers au reſte du monde, nous exiſtons comme ſi nous n'exiſtions pas, ſans relations, ſans aucune con- noiſſance de ce qui arrive dans l'u- nivers, à moins qu'une révolution ne vienne nous l'apprendre, ou qu'un étranger ne nous diſe un mot de l'Europe, le centre des nouvelles & des événemens.

En Afrique, des lions & des lions, des léopards & des léopards, des ſables & des ſables brûlans; en Aſie, des Chinois inſtruits, mais tellement incommunicatifs qu'ils ne vivent que pour eux; en Amérique, des negres, des perroquets, du ſucre & de l'in-

digo ; mais en Europe , des livres
& des livres , des sciences & des
arts, des spectacles & des gazettes.

C'est à ces petites feuilles pério-
diques qui se renouvellent deux fois
la semaine , qui circulent dans toutes
les villes , qui pénetrent dans toutes
les maisons , qu'on doit l'avantage
de connoître en détail les révolutions
du monde physique & moral , de
discuter les intérêts des couronnes,
d'évaluer la force des empires ,
d'apprendre enfin quelle est leur
situation.

Ces gazettes , dont nous sommes
malheureusement privés , donnent
lieu à des entretiens utiles , mettent
l'homme en société avec toutes les
nations , le répandent dans toutes
les contrées. Paris en fait un passe-
tems utile , & il est sans doute
agréable de se trouver par ce moyen
en rapport avec les quatre parties du

H h iij

monde, & de pouvoir politiquer à
l'aife fur les projets des miniftres,
fur les guerres préfentes ou paffées,
fur la naiffance des princes, fur la
mort des grands hommes, fur les
opérations des cours.

Une gazette de Paris qui relateroit
chaque femaine les aventures fecrettes de cette capitale immenfe,
feroit fans doute curieufe; mais on
y révéleroit des faits qu'il eft bon
d'enfévelir. Il y a deux villes dans
Paris, une ville que tout le monde
voit, que tout le monde fréquente,
& une ville fouterraine où fe trament
des perfidies, où fe fabriquent des
iniquités que la Police feule connoît
en partie. — Tel qui fréquente ces
lieux, rifque fouvent fa vie, foit en
étant victime des fripons, foit en
devenant fripon foi-même; de-là
vient, me difoit-on, que des jeunes
gens qui auroient fourni une hono-

rable carriere dans leur pays, finiſſent ici miſérablement leurs jours.

Paris ſeroit trop beau, s'il n'y
avoit point de déſordre; plus il y a
d'hommes raſſemblés, plus il y a
de paſſions & de forfaits.

Je vas paſſer trois jours à la cam-
pagne; on doit m'y faire voir une
de nos Indiennes que les haſards ont
amenée dans ces lieux. Nous ſommes
réellement dans les mains de l'Eternel comme ces graines qu'un labou-
reur ſeme & que le vent diſperſe de
tous côtés. Je t'embraſſe avec les
tranſports d'une amitié qui n'a jamais
varié, & qui ne ſe dédira jamais,
parce qu'elle eſt fondée ſur l'eſtime
& ſur la vérité.

Paris, 1788.

H h iv

LETTRE CLXIX.

A Glazir.

DEUX jeunes gens de la taille & de la figure la plus avantageuse me rencontrent au moment que, selon la mode du pays, je venois tout simplement à pied de mon petit hermitage; ils me conjurent d'assister à leur mort, parce que, me disent-ils d'un sang-froid qui m'étonne, ils vont jouer à qui se tuera le mieux.

J'accepte volontiers de servir de témoin, mais en leur déclarant que je veux savoir la cause du délit. Ils font difficulté de m'en instruire, lorsqu'enfin ils m'avouent que c'est au sujet d'une femme honnête qu'ils ont pris querelle, & qu'ils ne peuvent s'empêcher de l'étouffer dans leur sang.

Je leur demande gravement s'ils se battroient en cas que la femme à laquelle ils s'intéreſſent fût publique , & ils me répondent : A dieu ne plaiſe ! — Je leur propoſe , en croyant ſimplement qu'un délai pourra calmer leur fureur, de venir voir, avant de ſe tuer , quelle eſt la contenance de la femme en queſtion , & je m'avance juſqu'à dire que j'ai des raiſons pour leur faire cette propoſition. Ils s'imaginent que je la connois. Le trajet que nous faiſons ne ralentit point leur colere. Enfin nous arrivons, & la ſageſſe de ces ſortes de femmes pour leſquelles on ſe tue , veut que celle-ci ſe trouve avec deux commis dont elle paroît enchantée , & qu'elle abreuve d'un vin mouſſeux. — Mes deux jeunes gens éclatent, les commis gagnent l'eſcalier, & la femme, cette femme vertueuſe qu'ils croyoient morte de douleur, est abandonnée pour jamais, sans qu'on lui dise un seul mot.

Leur fureur demeura muette heureusement, & ils m'embrasserent avec toute la reconnoissance possible, en me disant : Hélas ! aimable étranger, nous ne regrettions pas la vie ; mais nous étions désolés de nous couper la gorge, ayant été depuis notre enfance les plus intimes amis.

Nous prîmes une voiture, je les menai souper à mon hermitage où nous nous embrassâmes cordialement, moi charmé de leur avoir sauvé la vie, & eux enchantés de n'avoir pas rompu pour jamais les nœuds de la plus constante amitié.

Je leur fis une petite morale qu'ils reçurent avec effusion de cœur. Je t'avoue que cet événement m'a pénétré, & que la France auroit perdu dans ces deux jeunes officiers des militaires qui l'illûftreront par leur courage & par leurs talens. Ils font tous les deux fils uniques, & ils alloient périr pour une proftituée dont on rougit. — Ils m'inviterent hier à dîner avec trois de leurs amis qui m'ont infiniment remercié. Eh bien, mon cher, quand je ne ferois venu à Paris que pour faire cette bonne action, n'aurois-je pas voyagé bien utilément ? La préfcience de l'Eternel, felon notre Prophete, m'aura conduit tout exprès dans ces lieux pour conferver leurs jours ; & quand on penfe que c'eft un homme qui vient jufque des Indes fauver deux François, on ne peut s'empêchér l'admirer une Providence dont les deffeins impénétrables rapprochent les chofes les plus éloignées, & produifent les plus finguliers événemens. Adieu.

Paris, 1788,

LETTRE CLXX.

Glazir à Zator.

Hélas ! ton troisieme esclave est mort ; & dans la crainte de t'affliger, je n'ose te dire quel en a été le sujet : tu ne le soupçonnes pas, & cependant il n'y a pas lieu d'en douter. Il est mort, non de débauche, non de quelque maladie violente ; mais d'une langueur qui l'a conduit au tombeau, & c'est le vif attachement qu'il avoit pour toi qui l'a tué. La douleur de ne t'avoir pas suivi dans ton voyage, comme il l'espéroit, a glacé les sources de la vie. Depuis six mois il ne cessoit de parler de son adorable maître, & il se persuadoit qu'il ne te reverroit jamais ; il ne se trompoit pas.

Les quinze jours qui précéderent

fa mort, il vouloit partir pour t'aller joindre, & quand il entendoit le moindre bruit, il fe levoit avec tranfport, & il difoit : N'eft-ce donc pas lui ?

Ses fentimens étoient auffi diftingués que ceux d'un Nabal, quoiqu'il ne fût qu'un pauvre efclave.

Tes femmes, qui faifoient le plus grand cas de fa fageffe & de fa douceur, tâchoient, autant qu'il étoit poffible, de calmer fon chagrin. Il fe cachoit pour aller pleurer, & prefque toujours je le rencontrois les yeux baignés de larmes.

Je devrois peut-être ménager ta douleur, mais il eft à propos que tu connoiffes jufqu'où peut aller la grandeur d'ame d'un pauvre efclave. Il n'avoit que dix-huit ans, & je penfe qu'un jour il feroit parvenu. La guerre, qu'il aimoit, lui auroit ouvert le chemin de la gloire, d'autant mieux que sa noble ambition étoit relevée par la plus agréable figure.

Il m'a prié, presqu'au moment d'expirer, de te dire que ses dernieres paroles étoient pour le ciel & pour toi ; qu'il se prosternoit à tes pieds pour te demander pardon, au cas qu'il t'eût offensé , & qu'il espéroit, connoissant ton extrême bonté , que tu lui pardonnerois la liberté de t'avoir tant aimé.

A ces mots , je le quittai , ne pouvant plus me contraindre ; les pleurs m'avoient gagné. Le voilà , mon cher, au niveau de tous les potentats , maintenant qu'il est en poudre, & peut-être même étoit-il plus grand qu'eux lorsqu'il vivoit, si nous ne sommes réellement grands que par les sentimens.

Tes femmes t'embrassent , te saluent & te divinisent dans leurs

œurs. Adieu, le plus aimable des
mortels, que la fageffe a choifi pour
onner des exemples de vertu, pour
ire refpecter l'humanité, & pour
re un jour l'étoile polaire de nos
ides, elles qui t'attendent comme
ur ornement, & qui te préconi-
nt comme l'élite de la patrie.

A Dindegull, 1788.

LETTRE CLXXI.

A Glazir.

TRAINER deux grands laquais à sa fuite, recevoir de leur main un livre de prieres, tiré d'un sac de velours à crépines d'or, se faire porter la queue jusqu'aux pieds des autels, avoir une chapelle privilégiée, fendre la presse, précédée par des valets, arriver au milieu d'un auditoire qu'on a dérangé pour se faire un passage; entendre un sermon d'apparat prononcé par un prédicateur à la mode, c'est avoir la dévotion des femmes de qualité.

Se tenir humblement à la porte de l'église, en cornettes simples, en habit uni, sans être remarquées, c'est la piété des bourgeoises.

Dis-moi à laquelle de ces deux dévotions

dévotions tu donnerois la préférence ?
Il me femble que la derniere a bien
fon mérite ; mais la vertu d'une ro-
turiere, peut-elle être comptée pour
quelque chofe ?

Des prédicateurs font ici leur poffible pour attirer des duchesses à
leurs fermons. La plus pieufe n'eft
point du tout infenfible à cette diftinction. Leurs difcours font prefque
tous affortis à la frivolité des modes
dont elles fe parent. C'eft un amas
de phrafes fyncopées, recherchées,
tamifées, un ftyle nuancé, une poéfie
mife en profe ; & dans ces fermons
amphygouriques, on y fait tout revenir ; affaires politiques, affaires
de finances, modes, brochures du
jour; & le tout eft relevé par une
déclamation théatrale, par des geftes
finguliérement étudiés ; mais ce qui
m'étonne, c'eft que, prêchant à des

chrétiens le chriftianifme, qui fubfifte depuis tant de fiécles, ils fe mettent en devoir de le prouver, comme s'ils n'étoient pas bien fûrs de leur fait. Je n'ai recueilli de leurs dif-cours, que des invectives contre lés efprits forts, qui ne viennent jamais les entendre, que des objections qu'ils croient combattre, mais qui n'apprennent au peuple, qu'à dou-ter.

Je faifois cette remarque, lorf-qu'un homme fenfé me dit : Que le feu Roi de Sardaigne penfoit de même ; qu'ayant entendu un prédi-cateur, arrivant de Paris, qui s'ef-forçoit de prouver la religion, il lui dit: Je fuis très-étonné de ce qu'on fe met en frais pour prouver des vérités à des perfonnes qui les croient, fur-tout après tant de fiecles qu'on les prêche. Je vous recom-

iande, expreſſément, de ne point
aiter ces queſtions. Je n'ai point
'incrédules dans mes états, & vous
n feriez naître.

On trafique ici les ſermons, comme
ute autre marchandiſe. On en ache-
oit à tout prix, il y a pluſieurs
nnées, & il arriva que deux pré-
icateurs, qui avoient pris à la
même ſource, ſans ſe douter du
iit, prêcherent la même paſſion
ans la même égliſe, l'un à dix
eures du matin, l'autre à ſix du
oir.

Il y a, malheureuſement, des
évots, ou plutôt des curieux, qui
ourent tous les ſermons, & l'on
onclut, avec raiſon, que, ni l'un
i l'autre, n'avoient travaillé le diſ-
ours. Ils accablerent de reproches
e vendeur, qui leur dit : Quand
rous me paierez quatre louis un

fermon, vous ciez surs d'avoir du bon & du neuf ; mais quand vous ne me donnerez que douze francs, vous n'aurez que du trivial & que de la vieillerie. — Adieu.

De Paris, 1788.

LETTRE CLXXII.

A Glazir.

JE pleure mon esclave, comme j'aurois pleuré un de mes fils ; c'étoit
un homme semblable à moi , & que
j'avois élevé dès sa plus tendre enfance. Il étoit plein de zele pour son
devoir & pour la loi. Ce sont ordinairement ceux-là que le ciel nous
enleve, qoiqu'il y en ait bien peu
qui lui ressemblent.

J'étois prié d'assister à une partie
de plaisir le jour même que je reçus
ta lettre , & je m'enfermai pour
pleurer. Il est des larmes qu'on aime.
Je n'ai point encore adopté la mode
de ce pays. On y apprend d'un œil
sec la mort des amis. Je n'ai jamais
voulu voir un homme qui va pour

dîner chez fon ami , qu'il trouve
mort , qui paffe froidement chez un
autre , en difant : Nous venons de
perdre un tel , & qui demande fur-
le-champ la noüvelle du jour. Cela
ne fait pas revenir les morts , mais
cela me révolte contre les vivans.

Je me fouviendrai long-tems de
mon pauvre Zabuc.... Il me fer-
voit avec une affection furprenante ,
& il aimoit mieux une de mes paroles que tout l'argent du monde.

Eft-ce qu'on pleure chez vous des
domeftiques, me difoit un financier,
qui n'a des ferviteurs que pour les
maltraiter ? Oui , monfieur , lui
répondis-je avec humeur ; mais je
me réjouis de la mort d'un maître
intraitable , qui ne fait pas refpecter
l'humanité. N'eft-elle pas la même
dans tous les individus ? Et pourquoi
n'étois-je pas l'efclave de celui que

je regrette ? je n'en fais rien.—Un valet eſt une bête de ſomme aux yeux de la plupart des maîtres ; qu'il ſoit expoſé à toute l'intempérie des faiſons , qu'il n'ait ni le tems de manger , ni celui de dormir , peu leur importe , pourvu qu'on les ſerve.

Ils ſe plaignent que les domeſtiques ſont intéreſſés , comme s'ils devoient être leurs eſclaves pour ne rien gagner. Ah ! mon cher Glazir , que d'injuſtices parmi les hommes ! que de ſerviteurs qui ont plus d'eſprit & plus de ſentimens que leurs maîtres ! Ils ne deviennent , aſſez communément, mauvais ſujets que parce qu'on les gâte : ils ne s'aviſeront jamais d'être inſolens chez un ſeigneur honnête. Leur impertinence n'a d'autre principe que l'orgueil de ceux qui les commandent.

Je te charge de me trouver un autre efclave , non comme celui que je pleure , la chofe feroit impoffible , mais qui ait au moins la fageffe en partage. — Adieu.

De Paris , 1788.

LETTRE CLXXIII.

LETTRE CLXXIII.

Solime à Zator.

OH mon ami, mon bon ami, que fais-tu dans ce moment ? Toute la nature ici sommeille ; tes tendres enfans, que je viens d'embrasser à ton intention, dorment profondement, & il n'y a que moi, dans toute ta maison, qui soit debout. La nuit est infiniment plus propre que le jour à rappeller les absens. On n'y est distrait, ni par le bruit, ni par la vue de tant d'objets qui nous arrachent à nous mêmes ; aussi puis-je te protester que les ténebres sont pour moi une véritable lumiere. C'est dans leur sein que je n'apperçois que toi, & que mon amour, mon tendre amour t'embrasse & te parle.

Tome II. K k

Oui, l'ame de mon ame, je me leve fouvent la nuit pour penfer plus vivement à tes vertus. Qu'elles t'environnent toujours; c'eft la meilleure garde que l'homme puiffe avoir.

Je fuis l'interprete de toutes tes femmes, lorfque je t'écris ; elles fe raffemblent toutes autour de moi, pour fuivre d'un œil avide les traits de ma plume, qui font les mouvemens de mon cœur. Je fuis étonnée moi-même de la violence avec laquelle il s'agite à chaque penfée que je trace. Il eft vrai qu'il eft le lieu d'où ma plume tire tout ce que je t'écris. Je n'aurois jamais cru qu'il fût poffible de tant aimer. Je fuis fûre qu'on ne fe le perfuaderoit pas dans le pays que tu habites maintenant.

L'amour, dit-on, n'y fait qu'effleurer les cœurs, paffant comme un zéphyr. Je n'ofe plus te parler de notre cher Zabuc. — Il a fini comme je voudrois mourir, plein de réfignation pour le ciel, plein d'attachement pour toi. L'on peut dire que ce vif attachement étoit encore plus ardent que la fievre qui le dévoroit. Toutes fes bontés, me difoit-il un jour, forment un tableau qui eft toujours fous mes yeux, & ce tableau je l'emporterai dans mon cœur.

N'oublie pas de m'apporter les nouveautés que je t'ai demandées, mais qui deviendront vieilles, fi tu reftes encore long-tems. Par tout ce qu'on m'a rapporté de Paris, tu le verras fe renouveller deux ou trois fois; car on affure qu'il change tous les trois mois, de maniere à n'être plus reconnoiffable. On m'a protefté qu'un étranger qui l'avoit habité quatre ans, n'y reconnut plus, cinq ans après, ni la cour, ni les miniftres, ni les mœurs, ni les bâtimens, ni les promenades, ni les rues. Tout avoit changé.

Alonge ta main, que je la baise mille & mille fois. Si ton ombre pouvoit au moins venir frapper mes yeux ! mais, hélas ! il faut que ce soit mon ame qui, moyennant la mémoire & l'imagination, fasse tous les frais de l'entrevue.

Je conviens qu'elle me sert bien, car il est impossible de la distraire de ta présence. Si je me leve, si je me promene, si je lis, si je me couche, toujours mon époux, mon amant, mon ami, semble être à mes côtés, paroît être sous mes yeux. O mon bonheur ! ô mon tout !

A Scheringapatnam, 1788.

LETTRE CLXXIV.

A Glazir.

Je m'étudie, le plus qu'il m'est possible, à connoître Paris dans son ensemble & dans ses détails. Aussi n'ai-je pas voulu manquer l'occasion qui s'est présentée, lorsque, placé l'autre jour dans une maison où le beau monde arrivoit successivement, je me trouvois le voisin d'un homme qui aime singuliérement à parler, & qui me parut au fait des anecdotes du pays.

Pourrois-je vous demander, lui dis-je respectueusement, quelle est cette femme qui affecte beaucoup de hauteur dans le propos, comme dans le maintien ? Une femme, me répondit-il, qu'on n'auroit pas voulu recevoir il y a quinze ans, vu la

K k iij

baſſeſſe de ſon origine, mais qui, devenue l'épouſe d'un grand ſeigneur, a pris le ton de l'opulence & de l'orgueil. Elle croit, par ſes manieres, faire oublier qui elle eſt, & cela ne ſert qu'à lui mériter des ennemis qui ne l'épargnent pas.

Et ce gros homme, lui dis-je, qui ſouffle & qui s'étend dans ce large fauteuil ? Un homme qui mourra d'indigeſtion ; car il ne faut point parler de la vie d'un pareil être, qui n'aura vécu que pour manger. — Il avoit une amplitude qui annonçoit parfaitement ſa voracité.

Un homme qui me ſembloit la lourdiſe même, m'affecta par ſa groteſque figure, & je voulus pareillement ſavoir qui il étoit, d'autant plus qu'il ne parloit pas comme les autres. Un académicien, me répondit-il, & que vous auriez deviné, ſi vous n'étiez pas étranger.

Vint enfuite un petit homme fec, qui parloit prefque toujours de lui-même, excepté lorfqu'il mettoit les autres en fcene pour les ridiculifer.

J'appris qu'il arrivoit d'Italie, d'où il rapportoit fa fatuité ; que c'étoit un bel efprit qui avoit fait trois mauvaifes pieces de vers dans fa vie, qu'on ne pouvoit plus aborder, tant fes ouvrages lui donnoient d'orgueil. Il l'interrogeoit, & comme il n'attendoit jamais la réponfe, il m'interrogea, & je ne lui répondis point. Il fronça les fourcils, mordit fes levres, parut ftupéfait, & je m'en amufai.

J'apperçus enfuite un élégant que je pris pour un des premiers hommes de la cour.

Il s'y fait voir quelquefois, me répliqua mon indicateur, mais il n'a

d'autre fortune & d'autre exiftence
que le jeu ; aujourd'hui fuperbement
vêtu & demain prefque fans habit,
paffant par toutes les viciffitudes du
fort, éprouvant altèrnativement tous
les bonheurs & tous les revers ;
tantôt voulant parvenir à ce qu'il
y a de plus grand, & tantôt voulant fe tuer.

Et cette femme, je vous prie,
fi bien maniérée, & dont les yeux
font fi agaçans ?

Une lettre circulaire, adreffée à
tous les voyageurs, dont vous pourrez vous procurer la lecture quand
il vous plaira. Elle eft cependant
femme de qualité, mais ce n'eft pas
un titre ici pour être plus fage qu'une
autre. — Les femmes diftinguées,
en prenant le coftume des filles,
fe font mifes à l'aife fur cet article.

Il me faut interrompre cette lettre

pour m'entendre moi-même. Mes fenêtres, bien différentes de celles des
Indes, donnent fur la rue, & ce
font des cris perçans qui ne finiffent
pas. On eft ici dans l'ufage de crier
toutes les ordonnances, & il n'y a
pas jufqu'au marchand d'épingles,
qui crie fa marchandife de maniere
à n'y rien comprendre ; il femble
qu'on mugit, & qu'on n'articule
pas.

C'eft un réveille matin qui commence dès l'aube du jour, & qui
dure jufqu'à deux heures après midi;
tems où l'on dîne.

Je paffai hier une heure au Palais-
Royal ; le hafard m'y plaça parmi
des hommes & des femmes qui
tenoient le langage le plus exact fur
les mœurs & fur les grands fentimens.

Ne vous y trompez pas, me dit

un ami qui vint à paſſer, à qui je fis part de mon admiration; il n'y a perſonne qui parle plus ſouvent de l'honneur que les lâches, plus ſouvent de la vertu que les courtiſanes, plus ſouvent de la probité que les coquins. On ſait ici, mieux que par-tout ailleurs, cacher ſon jeu.

Un aventurier a épuiſé le crédit de vingt marchands, vuidé la bourſe de dix particuliers, en diſant toujours qu'il n'empruntoit jamais.

Il eſt inconcevable combien l'aſtuce trouve ici de moyens pour ſe procurer de l'argent. Il y a quelques années que le même homme envoyoit des billets de ſon mariage à des fourniſſeurs qu'il deſiroit duper, & un billet de ſon enterrement à des créanciers dont il vouloit ſe débarraſſer. Les deux billets, à la date lu même jour, tomberent par hasard dans la même maison ; quelle surprise !

Je le donne en cent mille, aux grandes & petites Indes, malgré l'imagination des Indiens, pour en faire autant, & je suis sûr que jamais ils ne formeront un pareil dessein.

Paris, 1788.

LETTRE CLXXV.

A Glazir.

J'ENTRE dans une maison, tout y parle d'un événement qui agite tous les esprits ; je passe dans une autre, c'est la même effervescence sur le même sujet ; je me rends au Palais-Royal, un murmure étonnant m'instruit de ce qui tient tout le monde en l'air ; je fais plusieurs visites, chaque endroit retentit de la nouvelle, & il est impossible de placer un seul mot qui n'y soit pas relatif.

Dès le lendemain, c'est une aventure qui a vieilli de dix ans ; on n'y pense plus, on n'en parle pas, & de petits riens font absolument oublier ce qui sembloit devoir toujours durer. Voilà Paris.

Une étrangere paroît dans les pro-
nenades publiques, elle a une taille
le nymphe, un visage de déesse,
un sourire celeste; on l'entoure,
on la contemple, on la suit, on se
félicite de l'avoir vue, l'on se pro-
met de la revoir, & quelques jours
après, ce n'est plus elle, à peine
daigne-t-on la fixer. Tels sont les
Parisiens.

Quand pourra-t-on l'avoir ? où
se vend-il, ce livre admirable, at-
tendu depuis des années ? Il paroît
enfin, on se l'arrache, on le lit
par lambeaux, & bientôt, pour faire
place à la plus mince brochure, il
tombe, comme s'il n'avoit jamais
existé. Tel est l'enthousiasme du
pays.

Il faut se dépêcher d'y faire fortune, quand on la voit favorable.
L'air de la ville, comme celui de
la cour, s'y renouvelle sans cesse,

& l'on y eſt preſque toujours au variable.

Pour moi, je m'en amuſe ; j'aime infiniment mieux un peuple qui ſe montre ſous divers aſpects, qu'une nation ſtagnante. Il n'y a point de jour, peut être point d'heure, où il n'y ait du monde qui ſe raſſemble par pelotons, pour voir les objets les plus vils & les plus ordinaires.—Adieu.

De Paris, 1788.

LETTRE CLXXVI.

A Glazir.

J'EUS hier une vive contestation, quoique je n'aime pas à disputer, avec un militaire, qui prodiguoit le titre de grand homme à tous les auteurs qui excellerent en profe, comme en poéfie.

Je lui dis, nettement : Je ne fuis qu'un Indien, & peut-être qu'un individu barbare à vos yeux ; mais, d'après l'inftinct que j'ai reçu du créateur, j'ofe foutenir qu'un particulier qui fait les plus beaux vers, n'eft pas un grand homme, mais, tout fimplement, un grand poëte ; qu'un avocat, qui compofe des difcours fublimes, n'eft qu'un grand orateur ; qu'un muficien, enfin, fût-il Gluck, n'eft qu'un grand muſicien ; que le conquérant lui-même, qui ſort des bornes de la uſtice & de la modération, n'a rien qui caractériſe la grandeur.

Le grand homme, à mes yeux, eſt celui qui ſauve ſa patrie, ou qui l'éclaire, non par des ouvrages où il n'y a que de l'eſprit, mais par des loix inaltérables.

Pluſieurs perſonnes furent de mon avis, tout en gémiſſant de ce que de petits littérateurs s'aviſoient de décerner des titres à tort & à travers, ſans ſavoir s'il ſeroient avoués de la poſtérité. Un grand Magiſtrat, un grand Miniſtre, un grand Militaire, un grand Roi, voilà les grands hommes à qui la terre doit offrir de l'encens.

Comme la bienfaiſance tient à la grandeur d'ame, il n'y a pas de doute qu'un homme magnifique envers les malheureux, ſoit en fondant

dant des hopitaux , ſoit en délivrant
des multitudes de captifs , ne fût un
grand homme , puiſqu'il ſeroit le
héros de l'humanité.

Chacun dans ce monde doit payer
un tribut à la patrie , les uns par
leurs talens , les autres par leurs
vertus ; mais quand il n'y a que l'eſprit qui a donné ſa contribution ,
on mérite ſans doute des éloges ,
mais ce n'eſt pas aſſez pour avoir
le ſuperbe titre de grand homme.

Ce ſont les Académiciens, me dit
ſagement un abbé, qui, pour s'en-
cenſer mutuellement , n'ont pas fait
difficulté de ſe donner fréquemment
cette qualification , ſans parler de
la nouvelle philoſophie , qui , ja-
louſe d'exalter ſes coriphées, les a
preſque déifiés. Ce n'eſt pas, ajouta-
t-il , une choſe indifférente d'abuſer
des termes. On croit volontiers ſur
parole ce que diſent des perſon-

nages qni paffent pour de beaux efprits, & l'on répete des abfur-dités.

Je voudrois, par exemple, qu'on dit de Corneille : C'eft *un homme*, & de Henri IV, c'eft *un grand homme*. Il y a des nuances parmi ceux qui fe fignalent, comme parmi les fleurs. On ne donnera pas l'épithete de fuperbe à la violette, comme on la donne à la rofe.

Tu vois, mon ami, que je me fouviens encore d'avoir lu. Je fuis tout glorieux de foutenir thefe de tems en tems dans une ville comme Paris; mais je crois fermement que plus d'une fois on aura dit, à ce fujet : Eh ! comment diable un Indien ofe-t-il favoir quelque chofe ?

Paris, 1788.

LETTRE CLXXVII.

Glazir à Zator.

Tu m'éclaires à chaque lettre que je reçois, & je t'en rends mille actions de graces. Après le bienfait d'une mere qui nous allaite, je n'en connoîs pas un plus grand que celui de recevoir des lumieres d'un ami. C'est la vie de l'ame.

L'esprit est réellement comme le feu, auquel chacun vient allumer sa lampe, & qui n'en reçoit aucune altération. Je crois que nos Indes s'illumineroient promptement, si notre religion & notre éloignement n'étoient pas un obstacle à cet heureux événement. Encore je crois que, relativement à la religion, l'on a mal interprété l'Alcoran sur cet objet. Notre divin Prophete ne veut pas

L l ij

qu'on difpute fur le texte de la loi, ni qu'on life, dans la crainte d'affoiblir la haute idée qu'on doit en avoir ; mais il me femble qu'en n'abufant point des lectures pour differter fur la religion , & qu'en puniffant ceux qui oferoient étudier à ce deffein , on n'iroit point contre la volonté du Légiflateur. Les fiecles ont une marche qui n'eft pas uniforme , & les efprits , fans changer l'effence des loix, peuvent s'y conformer. C'eft faire la jufte diftinction du dogme & de la difcipline , à la maniere des chrétiens , qui différentient fagement ces deux chofes.

Je vois que tes lettres réveillent ici les efprits , & qu'il en naît un défir d'apprendre. Oh ! mon ami , fi nous pouvions opérer cette révolution , c'eft alors que je me croirois un grand homme. Il n'y a rien de fi fuperbe à mon gré, que de refondre une nation, pour lui faire perdre fa pareffe & fon ignorance, pourvu, toutefois, qu'elle ne perde pas du côté du cœur, ce qu'elle gagne du côté de l'efprit.

Il a tant gâté de chofes, & fi fouvent, qu'on craint, en quelque forte, de s'éclairer. Je ne fais même par quelle fatalité ce font les perfonnes qui ont le plus d'efprit, qui font les plus lourdes fautes. Ou cela vient de la préfomption, qui ne prend point de confeil, ou de ce que, par une imperfection attachée à l'humanité, on n'acquiert une qualité qu'aux dépens d'une autre.

Tu me réfoudras un jour cette queftion, car tu es mon oracle; il n'y a que du côté du cœur, que je prétends être ton rival, & que je te défie de m'aimer plus que je ne t'aime.

Tout eft tranquille dans ta maifon;

mais il y regne, jufqu'à ton retour, un fond de trifteffe qui défole. On a trouvé un brave efclave, qui ne fait point oublier le pauvre Zabuc, mais qui fervira du moins à diminuer ta douleur.

Chaque matin je prie l'aurore de te porter l'hommage de mon cœur. Celle que tu vois, n'eft point sûrement auffi luifante que la nôtre, fi j'en crois les voyageurs qui prétendent que Paris eft toujours couvert de nuages. Adieu. Adieu.

Scheringapatnam 1788.

LETTRE CLXXVIII.

A Glaẑir.

LES courses occupent souvent mes loisirs. Je me partage entre quatre promenades publiques, qui servent d'ornement à cette capitale : aujourd'hui je vois les Tuileries, qui enchantent ; demain, le Palais-Royal qui amuse ; après demain le Luxembourg, qui rend rêveur, qui attriste, & très-souvent le Jardin du Roi, qui intéresse. Parmi les plantes que j'y découvre, je me vois en pays de connoissance, & je trouve des botanistes jusque dans ceux qui arrosent.

Ce lieu favorise singuliérement les réflexions. Je m'y livre sans réserve en face de quelques cedres, dont la vue me rappelle le Mont Lyban. Un jeune homme, singu-

liérement intéreffant pour la figure,
m'aborde & me prie de l'écouter.
Le tems avoit l'air de fe mettre à
la pluie, & conféquemment nous
étions feuls.

Des larmes abondantes furent le
début de la narration. Je les laiffai
couler, ne pouvant, ni ne devant
les arrêter, fans en favoir le motif.
On me dit qu'on venoit de la Trape,
monaftere de dervis, dont le filence
eft continuel, & dont je t'ai parlé. Les
foupirs coupoient les mots, & je
ne pouvois rien apprendre, lorfqu'enfin je fus inftruit qu'on fuyoit
la colere d'un pere en courroux, &
qu'on n'avoit ni afyle où fe réfugier,
ni moyen de fubfifter.

On ne fe confioit à moi que parce qu'on me favoit étranger, &
qu'on efpéroit en tirer quelque confolation. Je gagnai fa confiance en
peu de tems. Quelques paroles tirées

de

de mon ame, ouvrirent fon cœur ;
il m'avoua que l'habit qu'il portoit
n'étoit pas fait pour lui, qu'il dé-
guifoit fon fexe pour éviter la prifon,
& que fes chagrins venoient de fa
ferme réfolution à vouloir époufer
un jeune homme que fon pere lui
avoit propofé pour mari, mais qu'il
rejettoit maintenant, à raifon d'un
événement tragique.

Eh ! quel eft ce mari, lui dis-je,
qui caufe votre tourment ? Hélas !
me répondit-elle, je n'ofe vous
l'avouer. Sa pofition fait mon malheur : il eft né gentilhomme, ayant
mille excellentes qualités ; mais,
hélas ! fon pere, pour avoir affa-
finé, vient d'être exécuté fur un
échafaud.

Je t'avoue que je frémis. Il n'y
avoit pas moyen de l'empêcher
d'aimer ; on ne commande point
à l'amour ; on ne pouvoit la ra-

mener chez le pere, il vouloit la tuer.

Comme je ruminois en moi-même la maniere de l'aider, le jeune homme vint nous joindre, les larmes aux yeux. Sous un air abattu, l'on découvroit la phyſionomie la plus noble & la plus ſpirituelle.

Il y a plus de quinze jours, me dit-il, que la compagne de mes infortunes & moi, nous épions le moment de vous trouver ſeul. Nous ſavons par ceux qui ont le bonheur de vous approcher, que vous avez une ame royale, & le cœur le plus compatiſſant.

Nous voudrions, par votre crédit, pouvoir paſſer aux Indes, mettre les mers entre ſon pere & nous. Si ſa colere ne s'appaiſe pas, du moins ne ſerons-nous plus à portée d'en ſentir les rigueurs. Mademoi-ſelle eſt dè condition, & je jouiſ-

fois du même honneur, fi mon malheureux pere, & fa famille par con-
féquent ne venoient pas d'être dé-
gradés.

Il s'arrachoit les cheveux en pro-
nonçant ces mots, de forte qu'il
me falloit tout le pathétique de la
commifération pour le confoler. Nous
pleurâmes tous les trois, & levant
les yeux vers le ciel, je leur dis :
Voici le grand témoin de ma fincérité & de la part que je prends
à votre jufte douleur. Il m'infpire
une idée que je crois heureufe. Je
prendrai mon tems pour aller moi-
même trouver le pere, pour l'engager à favorifer fourdement votre
union, en l'affurant que je me char-
gerai de vous emmener l'un & l'autre
avec moi ; que dans une terre fi éloi-
gnée de Paris, vous pourrez obtenir
un pofte d'officier ; & que là, vous
vivrez inconnus à vos familles, fi

tout ce que vous m'avez dit eſt exactement vrai.

Ils ſe proſternerent à mes pieds, ils me baiſerent les mains qu'ils arroſerent de leurs larmes ; je leur donnai de l'or pour ſubſiſter, aux conditions que la demoiſelle, ſous un nom emprunté, paſſeroit chez une dame de ma connoiſſance à laquelle je l'adreſſai ; qu'elle s'y tiendroit cachée juſqu'au moment où l'on pourroit exécuter mon projet. Dès le ſoir même la jeune perſonne ſe retira chez la femme en queſtion, femme remplie d'honneur & de vertu ; l'on dit qu'on m'écriroit. Eh bien, mon cher Glazir, que dis-tu des révolutions de la vie ? Encore une bonne œuvre : il en faut faire ſans jamais ſe laſſer, nous ne ſommes ici que pour cela. Adieu. Je t'inſtruirai de ce qui en réſultera.

Paris, 1788.

LETTRE CLXXIX.

Mademoiselle de ***, à Zator.

Non, il n'eſt pas poſſible, trop généreux Seigneur, que vous vous intéreſſiez avec tant d'ardeur pour une infortunée qui n'a eu le bonheur de vous voir qu'une ſeule fois. Cela ne reſſemble point à nos mœurs que l'égoïſme a corrompues, & dont la légéreté eſt un des moindres défauts. Mes pleurs ont changé d'objet, je ne verſe plus que des larmes de recon-noiſſance; j'ai plaidé ma cauſe au tribunal de votre cœur, je la gagne-rois à tous les tribunaux. Un jeune homme excellent pour la conduite m'eſt propoſé par mon pere comme me convenant à tous égards; il me le préſente lui-même; je m'enflamme, le ciel le ſait, beaucoup moins pour

M m iij

ſa figure que pour ſon eſprit & ſes
vertus ; ma famille eſt enchantée de
voir mon contentement. Une fatalité ſur ces entrefaites veut que cet
affreux malheur dont nous vous avons
parlé vienne renverſer mes projets.

Ici, je vous l'avoue, je ſuccombe
à ma douleur ; fut-il jamais une po-
ſition ſemblable à la mienne ? Eſt-ce
donc la faute de mon futur époux
ſi l'événement le plus cruel change
tout-à-coup ſa deſtinée ? & ne ſe-
rois-je pas la plus mépriſable de
toutes les créatures ſi je venois à
retirer mon amour ?

D'ailleurs, le ſort en eſt jetté, je
ne puis plus m'empêcher de l'aimer,
& plus que jamais ; ſa cruelle po-
ſition m'attache mille fois davantage
à lui. J'ai beau faire dire à mon
pere que j'irai m'enſévelir avec lui
au coin du royaume, dans quelque
petit aſile au milieu des bois, où

nous ne verrons que les étoiles & le soleil ; il est inflexible.

Dès ce moment il m'a pris tellement en aversion, qu'il veut me faire renfermer dans un cachot, & qu'il poursuit avec la même fureur l'infortuné qui s'est présenté devant vous. Il n'y a point d'endroit à l'abri de ses recherches. Toute tremblante je crus devoir me déguiser & courir à la Trape, où j'ai passé onze mois, & où je n'ai pu rester, ne voulant pas tromper la religion, ni contracter un engagement, lorsque j'avois donné ma foi à celui qui sera mon époux, quelque chose qui puisse arriver.

On me déshéritera, je ne jouirai de rien, mais j'aurai mon amour & la consolation d'avoir rempli mon devoir. D'ailleurs, que faut-il à l'homme pour subsister ? je vivrai du travail de mes mains & je ferai vivre celui que j'aime avec passion. Il n'a

aucun des défauts de fon âge ; il
aime l'étude, fes mœurs font d'or,
fon caractere excellent ; & dans un
tems où l'on fe fait gloire de n'avoir
point de religion, il la refpecte &
la pratique. C'eft bien la meilleure
dot que le ciel puiffe lui donner ;
il doit, outre cela, hériter d'une
tante qui le protege & qui lui laiffera
quelque jour une petite fortune.

Voilà ma confeffion générale. Je
fuis toute tremblante, jufqu'à ce
que je fois en lieu de fûreté. Si
vous étiez de ma nation, illuftre
étranger, je pourrois craindre quelque changement de votre part ; mais
vous êtes Indien, jadis fujet du grand
Hyder-Ali, & maintenant de fon
généreux fils Tipoo-Saïb, ces deux
Souverains qui ont élevé l'ame des
citoyens.

Mon fort eft dans vos mains, le
ciel lui-même l'y a placé : ce ne peut

être que par son inspiration que je
vous ai invoqué ; achevez votre ouvrage. Je meurs tous les jours en
détail jusqu'à ce que je me voie
réunie à celui que j'adore ; son amour
répond parfaitement au mien. Depuis
notre persécution, il s'est mis soldat,
mais on lui donnera son congé quand
il voudra ; le colonel a son secret, &
il l'aime comme son fils.

Je voudrois , malgré ma jeunesse,
que nous fussions morts l'un & l'autre,
qu'un mausolée ensévelît nos tristes
débris , & qu'on y lût un abrégé de
notre histoire & de l'ardeur de notre
amour. Il nous transportera par-tout
cet amour ; au milieu des déserts
au milieu des bêtes féroces , au
sein même d'un goufre s'il le faut :
pourvu que nous soyions ensemble ,
nous trouverons les richesses & le
repos dans le centre de la misere
& des tempêtes. Excusez la longueur

de cette lettre ; elle eſt comme ma douleur, dont on ne voit pas la fin.

La perſonne chez qui vous m'avez placée participe à votre humañité ; elle eſt céleſte par ſa bonté d'amé & pour l'élévation de ſes ſentimens. Que le ciel vous conſerve des ſiecles, s'il eſt poſſible ! il le doit pour ſon honneur.

Paris , 1788.

LETTRE CLXXX.

A Glazir.

Il faut ici se tenir en garde contre les nouvelles ; il n'y a pas de pays au monde où l'on en débite plus de fausses & plus souvent. Mais, chose qui m'étonne, les plus invraisemblables, celles auxquelles le peuple seulement pourroit ajouter foi, trouvent des gens crédules parmi les seigneurs mêmes. Tout cela vient d'une légéreté qui ne permet pas de réfléchir, d'un esprit inquiet qui a besoin d'être remué par quelque nouveauté. L'on ne s'aborde point sans se demander : Y a-t-il quelque chose de neuf ? & cependant, si l'on pensoit aux événemens de la vie qui sont en général beaucoup plus tragiques qu'amusans, on craindroit de faire cette question.

Prefque toutes les nouvelles font défaftreufes ; des incendies , des tremblemens de terre, des fripons mis en place, d'honnêtes gens vexés , des orages , des mortalités , des peftes, des guerres, des efprits inquiets, des livres hériffés de fophifmes, des éclats fcandaleux , des vols, des af-faffinats, voilà ce qu'on apprend en demandant des nouveautés.

On faifoit cette réflexion dans une fociété toute compofée de gens à prétentions , foit pour la figure, foit pour l'efprit ; fociété affommante, où je me promis bien de ne jamais retourner. Il n'y avoit nul accord fur les chofes les plus généralement reçues. Les propofitions les plus ab-furdes y furent foutenues avec cha-leur ; on y divinifoit des auteurs qui n'ont débité que des fophifmes ; on y rabaiffoit des écrivains pleins de la raifon ; on y prenoit pour de l'éloquence & du génie le ton de la singularité ; c'étoit une telle confusion de pensées & de mots, que tout sembloit n'avoir pour regle que le caprice & la mode.

Les jeunes-gens décidoient en maîtres des ouvrages qu'ils n'entendoient pas ou qu'ils n'avoient pas lus, les autres en pédans qui ne vouloient rien céder, & tout cela se passoit en présence d'un auteur estimable qu'ils auroient dû consulter, mais qui ne sait pas se faire valoir.

Il y en avoit un autre tout différent, qui n'osoit l'an dernier élever la voix, & qui depuis huit jours prenoit le ton des oracles, comme venant de donner une mauvaise brochure de cent pages, & comme se croyant en droit de régenter l'univers ; il enlevoit les réputations, il

diftribuoit la gloire avec une confiance dont rien n'approche.

L'auteur eftimable dont je t'ai dit
un mot, me dit cependant à l'o-
reille : S'il s'agit de fe faire valoir à
raifon des livres qu'on a donnés, j'ai
droit de prendre la double octave,
ayant mis au jour feize volumes que
le public connoît bien; mais j'aime
mieux paffer pour un imbécille aux
yeux de ce fat qui tient le dé, que
d'avoir fon fuffrage : qu'il fe taife,
voilà tout ce que je lui demanderois
pendant une éternité.

Paris, 1788.

LETTRE CLXXXI.

A Glazir.

VOULANT perdre abfolument le souvenir de cette fociété bruyante & faftidieufe où ma mauvaife étoile m'avoit conduit, & qui me donnoit des naufées, j'allai hier paffer tout le jour dans une de ces coteries bour-geoifes que la franchife & la liberté rendent extrêmement agréables.

Nous nous embarquâmes fur la Seine, au fon des inftrumens, pour gagner une jolie maifon de cam-pagne dont la fimplicité a fait les frais : tout y eft d'une propreté ra-viffante & d'une commodité rare.

Des jardins qui femblent avoir le naturel des champs nous fervirent d'avenues pour arriver au manoir. Des hôtes pleins de candeur, dignes d'avoir pris naiſſance dans la bonne ville de Paris, comme les Rois de France la qualifient, me firent le plus gracieux accueil : Paſſons la journée, me dirent-ils, comme on la paſſe dans l'Inde, afin qu'elle puiſſe vous être agréable. Voulez-vous dîner aſſis ſur des ſieges, vou-lez-vous que ce ſoit ſur des tapis? nous ſommes prêts à faire tout ce qui vous plaira. Dans ce moment arriverent les femmes les plus ai-mables, & dès lors la gaieté s'em-para de toute la maiſon ; chacun prit un air riant, &., dans l'attente du dîner, les uns danſerent ſur le gazon, les autres ſe promenerent, juſqu'à ce que le nombre de vingt-quatre fût complet. On alla voir pêcher, & ce ne fut pas ſans fruit ; les plus beaux poiſſons ſe laiſſerent prendre, je penſe, pour nous faire plaiſir.

Les hommes préparerent des bou-
quets

quets pour les femmes dans deux
parterres où il y avoit des fleurs à
profusion ; & pour joindre le simple
au beau, ils passoient dans une prai-
rie voisine remplie d'herbes odo-
rantes & toutes fleuries dont on étoit
embaumé. L'on couronna la maîtresse
du lieu, & ce fut au milieu des
parfums qu'exhale la champêtre nature & sous les feuillages qu'elle em-
bellit, que l'on dîna.

L'Alcoran me sembloit écrit sur
chaque bouteille pour m'avertir de
n'y pas toucher. On me laissa très-
libre sur cet article, & personne ne
s'avisa de me plaisanter, ce qui
n'arrive pas chez les Chrétiens, qui
n'ont que trop souvent le ridicule
même de se moquer de ceux qui
observent leur loi.

L'on parla tour-à-tour, l'on rit
tous ensemble, & les plus agréables
voix vinrent donner au dessert tout

en pyramide des plus beaux fruits, un nouvel agrément.

Il y eut des chanfons à la ronde, il y eut des hymnes, il y eut des airs communs, il y en eut de diftingués. Les vins couloient en abondance & fembloient pétiller avec volupté, jufqu'à ce qu'un café délicieux, fervi par la fille de la maifon, qui fembloit moins une mortelle qu'une nymphe raviffante, amena les hiftoriettes les plus agréables. Chacun conta la fienne, & cela fut bref, comme cela devoit être. On me fit raconter quels font nos ufages dans nos petites orgies. Je parlai quelque tems, & je m'apperçus que la maîtreffe par fes yeux impofoit un filence général, car en France on ne parle guere qu'on ne foit interrompu.

J'ai eu peine à m'y faire, je t'avoue, fur-tout lorfqu'en me re-

gardant on se parloit à l'oreille ;
c'est la seule chose qui m'a paru in-
civile chez une nation si polie.

Nous jouâmes ensuite à la maniere des enfans avec la candeur du
premier âge ; les François ont de
petits jeux que je voudrois introduire
chez nos femmes , qui servent à
chasser l'ennui. L'on alloit, on venoit , on se remuoit , & ce mouvement continuel tenoit tout le monde
en haleine , de maniere à exciter la
plus vive gaieté.

Bientôt le plaisir de la chasse chan-
gea la scene. De petites bêtes fauves ,
connues sous le nom de lapins , sor-
tirent d'un petit bois touffu , & ce
fut à qui les tueroit avec plus d'a-
dresse. On avoit obtenu la permission ,
car il n'est pas permis de chasser
dans ce qu'on appelle les plaisirs
du Roi. J'ai su que cette récréa-
tion m'avoit pour principal objet.

Il nous fut facile de détacher des arbres les plus excellens fruits, les plus beaux raisins, & nous profitâmes de cette liberté. Nous nous étendîmes sur la verdure, où la nuit, venant à répandre ses premieres ombres, nous nous rendîmes à la maison. Il y avoit des tables de jeu pour ceux qui voulurent en profiter, & des siéges préparés pour les personnes qui aiment à converser.

L'heure du souper s'annonça par la symphonie, & l'on passa dans un sallon délicieux, où l'on servit les mets les plus légers & les plus exquis. Ce fut un assaut de jolis propos, tous sans calembourgs & sans prétention. Une chanson de table termina le repas. Elle étoit charmante. On y mêloit l'Inde avec la France, & cette disparate, qu'on avoit habilement rapprochée, eut tous les applaudissemens. J'aurois défié toutes les sociétés possibles de mieux se réjouir. Il est vrai, selon l'observation d'un convive extrêmement aimable, que nous n'avions ni seigneurs, ni beaux-esprits. — On but aux santés, ce qu'on ne pratique plus dans la ville, & l'on ne quitta la table, que pour faire cercle & pour compter des histoires de fées & de revenans.

C'est gothique, me dit le maître de la maison, mais cela nous amuse, & j'ai remarqué que le monde étoit bien plus animé lorsqu'on croyoit aux fées, ainsi qu'aux revenans.

Alors, je m'imaginois toujours voir entrer quelqu'un qui venoit m'apporter des nouvelles de l'autre monde, ou entrevoir quelque fée bienfaisante qui m'alloit conduire dans un palais enchanté.

Il n'y a plus que des plaisirs mo-

notones, ajouta-t-il, depuis que ce
tems de bonhomie s'est éclipsé. L'on
ne veut plus se réjouir qu'avec de
l'esprit, & l'esprit n'amuse point,
sur-tout quand on veut le brillanter,
comme on fait aujourd'hui.

Ce qu'on appelloit autrefois les
veillées, avoit quelque chose de délicieux. On y racontoit des histoires
qui tenoient tout le monde en haleine, tant elles étoient singulieres.
Maintenant on aime mieux l'ennui.
Je ne vois plus que des gens qui
bâillent, ou qui disputent. Il semble
qu'on ne peut plus parler que la
brochure à la main, & qu'on n'est
pas digne de converser, si l'on n'a
pas des phrases académiciennes à
produire.

La gaieté vint ranimer la société.
L'on se mit à rire des plus petits
riens, & je m'appercevois qu'on

rioit de bonne foi , au lieu que ce n'étoit que du bout des levres dans la grande compagnie.

Nous revînmes en voiture à la lueur des flambeaux & au son des violons.

On me fit bien promettre que je reviendrois, & l'on me dit : Nous n'avons ici ni titres , ni grandes richeſſes , ni cordons , mais nous avons la préſomption de croire que nous nous amuſons mieux que tous les grands ſeigneurs chez qui l'orgueil, l'ambition ſont autant d'obſtacles à l'amuſement. On s'aime ici cordialement, on connoît la candeur, on eſtime l'innocence ; & ſi la juſtice eſt encore ſur la terre , nous oſons nous vanter qu'elle ne nous eſt pas étrangere.

Notre fortune n'eſt pas conſidérable , mais nous l'avons légitimement gagnée , & vous pouvez vous perfuader , aimable étranger , que l'état mitoyen , dans Paris , eft l'état qui vaut le mieux. Les grands traveftiffent l'honneur à leur guife ; les petits ne connoiffent pas la délicateffe qui convient dans la fociété.

L'on arriva , l'on s'embraffa, l'on fe donna parole de fe revoir , & je crus, en rentrant chez moi , venir réellement du féjour des enchantemens.

A Paris , comme ailleurs , il faut voir les différens états pour bien connoître les mœurs du pays. Qui ne fréquenteroit que les feigneurs , ne trouveroit rien de naturel : qui ne verroit que les petits , ne verroit que la nature en négligé.

Paris , 1788.

LETTRE CLXXXII.

LETTRE CLXXXII.

De M. de * * *, à Zator.

ILLUSTRE étranger, au milieu des malheureux jours qui depuis dix-huit mois forment le tissu de ma malheureuse vie, j'ai donc joui d'un moment capable de me les faire oublier! L'instant où j'eus le bonheur de vous rencontrer, est le seul que je fixe maintenant. J'ose me flatter qu'il sera la fin de mes maux.

La manière dont votre grandeur d'ame a daigné m'accueillir, la promesse qu'elle m'a faite d'améliorer mon sort, m'arrache du fond d'un abîme, & me rend à moi-même.

Quand je pense que je n'existe maintenant que sur vos bontés, & que vous me devenez plus proche, tout étranger que vous êtes, que mes propres parens, je reconnois une providence qu'il me faut nécessairement adorer.

Permettez-moi d'aller en secret vous assurer de ma reconnoissance, & vous proposer les moyens que je crois les meilleurs pour réussir....

Paris, 1788.

LETTRE CLXXXIII.

A Glazir.

Si l'on ne jugeoit de Paris que par la singularité des esprits & des opinions qui dominent dans certaines sociétés , on le croiroit le séjour de la folie. Il ne devroit y avoir qu'une seule maniere de prononcer sur le beau , sur le bon, sur le vrai , & ce font autant de jugemens différens qu'il existe de personnes. Un livre paroît , & dans l'instant dix mille voix s'élevent pour le couler à fond , & dix mille pour l'exalter ; une action éclate , & l'on ne sait quel jugement porter , par les idées bizarres qu'on s'en forme.

Un auteur qui par ses Ouvrages croiroit plaire universellement , s'abuferoit d'une maniere étrange. Il n'y a plus moyen de rien faire au gré de tout le monde, tant on eft devenu critique & dénigrant.

J'ai paffé deux jours au château d'un feigneur , féjour auffi faftidieux que la maifon bourgeoife dont je t'ai fait la defcription eft charmante. J'y ai trouvé, tout en arrivant, un homme honnête à qui le duc & la ducheffe , feigneurs du lieu , témoignoient beaucoup d'affeétion.

On m'a reçu avec cette politeffe impérieufe ufitée parmi les grands, & je me fuis apperçu qu'à mefure qu'il arrivoit du monde diftingué , le perfonnage qu'on avoit paru chérir étoit oublié. On ne le regardoit plus , on ne lui parloit pas. Ce qui avoit l'air de l'embarraffer.

L'heure de la table arriva. L'on

s'y mit avec cérémonie ; l'on y resta
sans rien dire ; l'on en sortit pour
changer de place. On m'offrit une
carte que je n'acceptai pas ; le jeu
s'engagea ; quelques seigneurs qui
n'étoient pas de la partie s'appro-
cherent alors de moi , m'interro-
gerent & disparurent sans m'avoir
donné le tems de répondre. Des
dames me demanderent comment
nous vivons.

Elles avoient de l'esprit , une
demi - amabilité , à raison de leur
grandeur, mais nulle instruction. Je
leur aurois fait croire tout ce que
j'aurois voulu.

Une d'entre elles en convint de
bonne foi. Notre éducation , me
dit-elle , qui devroit nous inspirer
le desir d'apprendre, nous en dégoûte
entierement. Ce sont pour l'ordinaire de bonnes religieuses qui ne
connoissent point le monde , & qui

O o iij

furchargent notre efprit de minuties
& de chofes faftidieufes. Enfuite
on nous marie , prefque toujours
contre notre gré , & nous voilà
lancées dans un tourbillon où l'on
a peine à fe reconnoître.

L'époux qu'on m'a donné vit avec
une femme qui n'eft point la fienne.
Il me ruine en faveur de cette malheureufe , qui , bien plus magnifique que moi , tient un état , ayant
maifon , carroffe , laquais. C'eft ìci
la mode. Les grands fuient leurs
hôtels , & courent s'enfevelir dans
de petits cafins avec des femmes
affichées. Ils fe contentent d'avoir
un héritier , & leurs époufes tombent aux parties cafuelles , à moins
qu'on ne foit retenu par l'honneur;
mais toutes n'ont pas le goût du
veuvage.

Ainfi, nous fommes des efclaves
à notre maniere , de forte que vos

femmes mêmes, quoique vivant ren-
fermées, se trouveroient peut-être
moins malheureuses que nous. Je ne
vois mon mari qu'une fois la semaine, le jour où il vient manger
avec moi; j'en attrappe quelques syl-
labes, & après avoir bu son dîner,
tant il se hâte de me quitter, il
monte en voiture pour aller retrouver
celle qui fait ses délices & mon
tourment.

La promenade devint générale,
jusqu'à ce qu'un bel-esprit vint à
paroître. Ce furent de grands hélas
qui amenerent quelques phrases en-
tortillées; le souper, la journée du
lendemain n'eurent rien de plus
intéressant; on se dit à l'oreille quelque chose de la cour, on parla du
rhume d'une maréchale, d'un beau
singe qui venoit de mourir, & l'on
se sépara.. Tu me diras que pour

s'amuſer auſſi triſtement, ce n'eſt pas la peine d'être Seigneur.

Il y a parmi les grands des peti-teſſes & des hauteurs difficiles à concevoir. Les femmes de qualité, malgré leur dignité, ne ſe font point aſſez reſpecter ; des jeunes gens viennent leur demander à dîner en frac, en canne, en gilet, ce petit négligé dont les François font leurs beaux jours dans nos contrées. Si j'étois né pour exiſter à Paris, je voudrois y vivre à la bourgeoiſe.

Paris, 1788.

LETTRE CLXXXIV.

*Zator à Mademoiselle de * * *.*

MON ame étoit brûlante du defir de vous obliger après les renfeignemens que vous me donnâtes avanthier fur le caractere de votre pere & fur les difpofitions de votre famille ; je m'y rendis avec tout le coftume indien , il me reçut avec dignité , & je lui parlai comme la vérité même ; je lui fis entrevoir les périls de fon courroux, les avantages d'une réconciliation ; j'eus dans ce moment l'efprit du cœur , & je n'en voulus point d'autre.

Il me fervit bien, j'obtins enfin que vous vous uniriez indiffolublement à l'objet de vos defirs ; que le pere vous doteroit , & que vous partiriez avec moi pour venir habiter l'Inde.

Je ne vous parle point des obftacles que j'eus à vaincre, dans la crainte de me faire valoir ; mais il me fallut pendant cinq heures employer tous les refforts du cœur.

N'importe, la victoire eft à nous, & l'on ne fe rétractera pas. Votre pere fe rendra demain à mon petit hermitage fur les huit heures du foir, & vous vous y trouverez avec votre futur époux. Je vous verrai tous les deux aujourd'hui, attendez-moi ; Paris eft l'époque de mon bonheur, dès que j'ai pu vous fervir. Béniffez ce ciel dont nous fommes les enfans, & dont la jouiffance eft commune au François ainfi qu'à l'Indien ; renvoyez-lui les retours de votre reconnoiffance, c'eft à lui feul que vous devez votre falut.

Paris, 1788.

LETTRE CLXXXV.

A Glazir.

Ah! mon cher Glazir, le bonheur d'avoir sauvé deux jeunes gens qui alloient se tuer, d'avoir réconcilié la fille avec le pere, de l'avoir fait consentir au mariage qu'elle desiroit, sont les seuls plaisirs dont j'ai joui pendant mon séjour à Paris.

Le François est naturellement bon. Ce pere si terriblement irrité contre sa fille, s'est enfin laissé vaincre, & ce que tous ses parens n'auroient peut-être pas obtenu, un étranger l'a emporté. J'ai remarqué que l'éloquence orientale opéroit des prodiges dans les affaires insurmontables. J'ai ouvert les abîmes & les cieux pour appaiser une colere qui alloit jusqu'à la fureur ; j'ai monté mon ame au-deſſus de celle de l'homme que je voulois dompter, & maître alors du terrein, je l'ai vaincu par les pleurs & par l'inſinuation.

Ils viendront avec moi ces deux époux qui me devront leur union, & je te les préſenterai; tu deviendras leur ami, parce qu'ils ſont remplis de ſentimens. Leur déſeſpoir s'eſt tourné en reconnoiſſance & en tranſports d'alégreſſe; ils n'ont point aſſez de termes pour me bénir, ce qui me fâche, parce qu'ils ne me doivent rien, mais tout à l'Eternel.

Le haſard a fait tomber entre mes mains un livre de prieres à l'uſage des Chrétiens, Rien ne m'a paru ſi beau; l'on y parle à Dieu d'une maniere digne de ſa majeſté. Nous n'avons point de prieres auſſi ſuperbement exprimées. J'emporterai le livre, & je te le ferai voir. J'écrirai à mes femmes ces jours-ci. L'on me propose un voyage à Londres, & je pourrai m'y rendre pour y voir, & non pour y être vu. Que tes prospérités ne se séparent jamais des miennes ; nous fûmes créés pour être heureux ensemble par la conformité des sentimens. Adieu.

Paris, 1788.

LETTRE CLXXXVI.

À Glazir.

IL eſt enfin parfait & conclu ce mariage dont j'ai accéléré la célébration par mes inſtances & par mes raiſons. J'ai voulu y aſſiſter ; dès trois heures du matin je me ſuis rendu à l'égliſe des Chrétiens où le pere de la jeune épouſe s'eſt trouvé, & où le miniſtre a paru pour faire des prieres, donner des bénédictions, & cimenter au nom de Dieu l'alliance préméditée.

Les Chrétiens donnent à cet acte la plus grande ſolemnité, & j'applaudis fort à cette coutume religieuſe, le mariage ne pouvant être trop honoré, puiſqu'il eſt la reproduction du genre humain, & le moyen de donner des adorateurs au vrai Dieu.

Chacun est retourné secrettement chez soi jusqu'à l'heure du dîner que j'ai donné dans mon petit hermitage. Nous n'étions que six, les époux, le pere de la mariée, & deux autres convives. Il m'a remis au dessert un effet considérable pour payer le voyage de ses enfans, & pour faire les avances nécessaires dans nos pays. Cette circonstance a occasionné des larmes de tendresse & de joie ; nous nous sommes tous embrassés, tous promis une fidélité inviolable.

Il a fallu faire cette cérémonie à petit bruit, les familles étant ici en quelque sorte déshonorées lors-qu'elles ont un sujet flétri par un arrêt infamant.

La nouvelle maniere de penser trouve cela très-absurde ; & moi, je croirois que les parens sont bien plus attentifs à donner une bonne éducation , lorfqu'ils penfent que leurs enfans peuvent les déshonorer.

La journée finie, nos époux paf-ferent dans un lieu qui leur eft af-figné jufqu'à leur départ, & où j'irai les voir dans le plus grand *incognito*. Le pere qu'on avoit irrité , eft le meilleur homme du monde, il me regarde comme le pacificateur de fa famille & comme un généreux ami.

Voici une belle occafion d'intro-duire les modes françoifes dans l'Inde. La Parifienne que je viens de re-cruter & que j'emmene, a tout ce qu'il faut pour plaire; fes yeux lui concilient tous les efprits avant qu'elle ait dit un feul mot; on n'a pas plus d'agrémens & plus de graces.

Elle m'a déja demandé fi nous avions un Palais-Royal; c'eft jeune, & il faut bien payer un tribut au bel âge. Les vieux en murmurent; mais

mais ils voudroient être étourdis, & n'être pas vieux.

On me difoit hier qu'on me mettroit de la fociété bienfaifante, qu'on nomme *Philantropique*, fi l'on favoit la bonne action que je viens de faire. Ah! l'on ne fait que trop, lui répondis-je, le bien qui s'y opere. La charité ne parle qu'à l'oreille; votre bienfaifance au contraire éleve volontiers la voix; je lis dans les papiers publics les moindres actions dont elle fe pare.

J'affiftai à une de leurs affemblées, qui m'enchanta : l'on y parla des malheureux avec la plus grande humanité. Paris, depuis quelques années, fe rend célebre par des affociations qui n'ont que le bien public pour objet. Il y a des Mufées où l'efprit trouve à femer & à moiffonner; il faut oublier la frivolité

Tome II.   P p

qui s'y glisse, pour ne penser qu'à l'émulation qui y regne. Il en est de même des pieces qu'on y lit ; on retient les bonnes, on perd le souvenir des mauvaises, & tout s'arrange par ce moyen.

A Paris, 1788.

LETTRE CLXXXVII.

A Solime, Nérise & Palmyra.

CETTE lettre vous fera commune à toutes, & toutes vous la recevrez comme un gage de mon amour. Le tems approche où j'aurai le doux plaisir de vous rejoindre ; ce fera le parfum de ma vie, l'enchantement de mon ame, le triomphe de mon cœur ; vous jugerez par les éclats de son alégresse si j'ai pu vous oublier. Paris est dans ma mémoire ; mais vous êtes dans mon existence même.

Je vous aspire toutes les fois que mon cœur se dilate ; vous m'épanouitez comme ces fleurs qu'ouvre l'aurore aux premiers rayons du matin.

Je ne reviendrai point à vous fous
l'air d'un bel-efprit, fous la forme
d'un philofophe, fous la figure d'un
fat; je n'ai rencontré ces perfonnages
que pour les abhorrer; mais je me pré-
fenterai dans tout le naturel d'un
homme franc & loyal, qui vous dit
qu'il vous aime, parce qu'il vous
aime, & qui n'a d'autre ambition
que celle de vous rendre à jamais
heureufes.

Difpofez déja vos oreilles à entendre bien des fatras, bien des fim-
plicités & bien des chofes agréables;
car la bonne ville de Paris raffemble
toutes les difparates.

Embraffez pour moi tous mes enfans, qui tous me font également
chers, comme étant tous le fang de
mon fang. Réclamez fouvent les fa-
veurs du ciel, c'eft là que réfide
le grand Souverain de l'Europe, des

Indes & de tous les pays du monde. Adieu. Que les efclaves fur - tout foient bien foignés, mais toujours dans la fubordination.

A Paris, 1788.

LETTRE CLXXXVIII.

A Glazir.

Il me manquoit d'avoir conversé avec un homme de loi., j'en ai saisi l'occasion , & , d'après mes interrogations , il m'a dit : Nous sommes peut-être le peuple qui avons les plus belles loix pour le civil ; l'ordonnance de 1664 , donnée par Louis XIV, est un chef-d'œuvre de législation que personne n'a jamais contredit , auquel tous les peuples applaudiroient , & qui nous donneroit envie de plaider pour nos menus plaisirs , tant la procédure en est facile , & tant les choses y sont simplifiées ; le mal est qu'on ne les exécute pas.

Quant aux loix criminelles , elles ne sont pas supportables ; elles furent faites dans un tems où les hommes encore barbares commettoient de grosses atrocités, où ceux qui avoient là vertu en partage, trop austeres alors dans leurs mœurs, s'imaginoient qu'on ne pouvoit sévir contre le crime avec trop de fureur.

Les générations s'étant adoucies, il est indispensable de refondre le code criminel, c'est-à-dire qu'il nous faudroit prendre celui des Anglois, & leur donner communication de notre code civil, dont ils ont absolument besoin, leur justice dans cette partie-là, étant très-mal administrée. Il m'ajouta qu'il y avoit en France trop d'ordonnances & trop de loix ; que l'Angleterre étoit admirable sur ce point ; que les transgressions, par cette raison, y étoient bien moins fréquentes.

Nous nous quittâmes en convenant qu'on auroit beau réformer, corriger, que le monde ne feroit jamais parfait, & qu'il falloit abfolument s'en contenter , parce qu'on n'en feroit pas un autre pour nous plaire. Adieu.

Paris, 1788.

LETTRE CLXXXIX.

LETTRE CLXXXIX.

A Glazir.

J'ARRIVE de Londres, où j'ai paſſé quinze jours, & qui m'a ſemblé l'antipode de Paris, malgré la fureur que les Pariſiens & les Anglois ont de ſe voler des modes. C'eſt maintenant à qui ſe copiera le mieux.

J'ai vu les brouillards de la Tamiſe ſur les viſages Anglois, & les couleurs de l'arc-en-ciel au milieu des brouillards de la Seine. Telle eſt la différence. Ici l'on ne parle que par monoſyllables, & pour peu qu'on ſoit à table, c'eſt un bruit de maniere qu'on ne s'entend pas. Plus on crie, plus on croit ſe bien réjouir.

Les rues ſont ſuperbes, les mai-

fons communes. On n'y connoît ni
les palais, ni les hôtels, mais on
y eft aufli propre qu'à Paris l'on
eft négligé.

Les motions du parlement font
toujours prêtes à exciter des émeutes.
Les plus grands feigneurs, malgré
cette liberté Angloife qu'on vante
avec emphafe, fe vendent fouvent
à la cour pour de l'argent. Il y a
quelques loix dignes de l'âge d'or,
il y en a d'autres à réformer. La
liberté des citoyens y eft abfolument
refpectée. Le peuple fe feroit juftice, s'il en étoit autrement. Il eft
fouverain à Londres, & ce n'eft qu'en
voulant le copier, que celui de Paris
fe livre quelquefois à des excès.

Cette ville contient plus de monde
que Paris; mais, comme on n'y
trouve pas la gaieté des François, elle
paroît moins animée. Les voitures
y font à perte de vue, les prome-

nades fans embelliffement. Auffi l'Anglois ne fe promene-t-il que lorfqu'il eft attaqué de la confomption ;
autrement il court , & ne s'affied
prefque jamais.

Les femmes y font auffi foumifes ,
qu'elles font dominantes à Paris. Les
maris les tiennent dans une efpece
d'efclavage. Le foin de leur maifon
fait prefque tout leur amufement.
Il eft étonnant comme cent lieues
de diftance changent les mœurs.
Paris & Londres fe touchent , &
ce font deux mondes abfolument
différens.

On ne m'a point regardé comme
à Paris ; on n'y eft pas curieux. Le
mépris , d'ailleurs , qu'on y affecte
pour tout ce qui n'eft pas Anglois,
fait que l'étranger n'y eft pas fuivi.

Ils s'appliquerent prefque toujours
aux fciences , prefque jamais aux

arts, quoiqu'ils foient jaloux de les connoître. Ils ont la fureur d'apprendre la langue Françoife pour ne point la parler, de voyager parmi les François pour ne point les aimer.

La légéreté n'eft point leur partage, & c'eft la nation qui aime la plus à changer. Elle fut autrefois généreufe; elle s'eft mife à la mode, & ne l'eft plus que par oftentation. Il faut des foufcriptions de libéralités, pour qu'on y foit libéral.

Les grands hommes y deviennent rares comme par-tout ailleurs. Une Angloife me dit que hors cinq à fix, il n'y en avoit maintenant qu'un femis qui leveroit pour le fiecle prochain. Il ne s'agit que d'attendre.

Elle me raconta qu'un de fes oncles avoit fait autrefois dans l'Inde une fortune immenfe; qu'un viei-

lard vénérable, lui ayant dit qu'un
grand tréfor étoit caché, felon une
vieille tradition, dans un lieu qu'il
lui indiqua, il s'y rendit, & qu'a-
près avoir fait fouiller pendant trois
jours & trois nuits, il avoit trouvé
un coffre de fer chargé d'une infcription en Arabe, laquelle infcription portoit :

« Qui que tu fois qui trouveras ce
» tréfor, prends-le ; il t'appartient,
» aux conditions que tu en don-
» deras une portion à la lune, une
» portion au foleil, telle qu'il te
» plaira de la fixer ».

Ce coffre fe trouva rempli de pierres
& de diamans d'un prix ineftimable.
L'infcription embarraffa beaucoup
mon grand oncle qui avoit l'ame
timorée. Il confulta des Indiens, qui
lui dirent qu'on devoit entendre
par le foleil, des hommes lumi-
neux par leur favoir, mais qui fe

trouvent dans l'indigence ; & par la lune, ceux qui n'ont d'exiftence que par les fecours qu'ils empruntent.

Il adopta cette explication, plutôt que d'aller dans la lune en chercher la réponfe. — il partagea un tiers de fa découverte entre les deux fortes de perfonnes que les oracles du pays lui avoient défignées.

Il revint exprès fur fa route pour gratifier le bon vieillard & pour l'amener avec lui dans ce pays, mais il mourut dans la traverfée.

Cette hiftoire, écrite de fa propre main, s'eft précieufement confervée dans notre maifon. Il ne la contoit point qu'il n'éprouvât une vive émotion. Il vendit une partie des diamans à des Juifs Hollandois, & il eut foin de la placer. Depuis cette époque, il avoit pris les Indiens dans une telle affection, que j'ai

été élevée dans tous les sentimens
d'estime & d'amitié qui leur sont
dus. Plût au ciel qu'il fût encore au monde! sa maison seroit
la vôtre, & il n'auroit pu vous
quitter.

LETTRE CXC.

A Glazir.

ENFIN j'aurois quitté Paris fans connoître la véritable volupté qu'on peut y goûter , fi d'heureufes circonftances ne m'en avoient inftruit. Eh ! quelle eft cette volupté ? tu la trouveras délicieufe lorfque je te le dirai ; mais peu de perfonnes jouiffent de ce plaifir.

Ce fut une femme qui me procura l'heureux avantage de m'y livrer, & je t'avoue que je ne pus réfifter. Après m'avoir fait la defcription du lieu , elle me prit par la main , m'obligea de la fuivre , & nous entrâmes dans une petite allée , où nous enfilâmes un efcalier qui nous conduifit dans une chambre ouverte à tous les vents.

Ce fut là que j'apperçus l'ombre d'un homme, car ce n'étoit plus qu'un fantôme, tant l'indigence & la maladie l'avoient décharné.

Gissant sur la paille auprès de sa fille, qui le réchauffoit de son souffle, & qui venoit de lui apporter un peu de vin qu'elle avoit acheté aux dépens de sa propre vie, il jetta sur moi un regard mourant, dont je fus vivement attendri.

J'en aurois pleuré, si je n'avois tenu dans mes mains de quoi consoler ces deux infortunés ; mais la certitude de pouvoir les soulager me causa une joie que je ne puis t'exprimer.

La fille, après m'avoir expliqué la cause de sa misere, après m'avoir appris que sa mere, âgée de soixante-dix ans, venoit de descendre avec la plus grande peine, pour prier le boulanger de lui prêter un pain, resta sans parole & presque sans mouvement, quand elle apperçut douze louis que je posai sur un grabat.

Puis reprenant ses sens, elle s'écria : Ah ! mon pere, voyez-vous cet ange que Dieu nous envoie ? il descend du ciel pour vous empêcher de mourir.

La mere alors entra, & ce fut pour annoncer qu'elle ne pouvoit rien obtenir, & que, puisque la providence ne vouloit pas les nourrir, il falloit attendre la mort sans murmurer. Des haillons, disois-je en moi-même, sont-ils donc faits pour couvrir de si beaux sentimens ?

Dans ce moment on me fixa, & des sanglots produits par la surprise & par l'espoir, me causerent une espece de révolution, sur-tout quand la mere & la fille parlerent du secours que je venois de leur apporter. Oh ciel ! eft-il poffible ? Comment !

Ah ! monfieur, me dit la bonne mere, puifque vous avez tant de charité pour nous, laiffez-nous fur cette fomme deux écus. Cet or nous épouvante. Si le commiffaire venoit nous vifiter, il croiroit que nous l'avons volé. Eh ! qui êtes-vous, s'il vous plaît, pour venir nous affifter? Oh ! vous ferez fans doute de bien loin d'ici ? les voifins ne donnent rien.

Je les raffurai fur leur frayeur, en leur déclarant que la fomme que je leur donnois, leur appartenoit bien légitimement; qu'ils devoient en ufer comme d'un don que le ciel leur faifoit. Je m'échappai, en leur promettant de revenir le fur-lendemain, & je leur tins parole.

Ah! mon cher Glazir, comment te peindre la fituation de mon ame, au moment où je reparus parmi ces malheureux qui ne l'étoient plus? dans un si court intervalle ils avoient rajeuni malgré leur grand âge ; le pere me dit: C'est donc vous, l'envoyé de Dieu, qui avez reculé ma mort ? oui ce n'est pas un homme, disoit la mere de son côté, tandis que la fille prosternée à mes pieds, me rendoit mille actions de graces, pour avoir prolongé la vie de celui dont elle tenoit l'être, & ils pleuroient tous à chaudes larmes.

Eh bien ! mon ami, n'est-ce pas là cette suprême volupté, qui, tenant à l'ame, fait ici-bas notre vrai bonheur ? Non, je n'ai jamais bien joui que dans ce moment-là.

Quelle position ! quel tableau ! Il faudroit arracher le cœur à celui qui seroit insensible à ce délicieux plaisir.

Je questionnai ces bonnes gens,

pour favoir comment ils avoient existé, & lorfque j'appris que leur pauvre fille, ne fortant jamais que pour aller au temple, s'épuifoit à travailler du foir au matin, afin de gagner le quart d'un écu par jour, je vis fes larmes couler; elle étoit fi modefte, qu'elle ne vouloit même pas qu'on fût fa bonne action.

. Je leur demandai pourquoi leur pafteur ne venoit pas à leur fecours; Ah! monfieur, me dirent-ils avec vivacité, ne l'accufez pas. C'eft M. le curé de St. Euftache qui eft notre curé. Il aime les pauvres, il les foulage le plus qu'il peut; mais les moyens lui manquent; il y a tant de malheureux fur fa paroiffe, qu'il ne pourroit pas, dans toute l'année, donner un louis à chacun. Il nous oblige, mais les charités, dans Paris, ne font que des gouttes d'eau jettées dans la mer. Il y a trop de monde, malgré tant de riches qui donnent.

De questions en questions, je sus que le bon vieillard étoit un gentil-homme du Dauphiné, que des mal-heurs avoient réduit dans son jeune âge à prendre un métier. Il avoit un fils soldat, qui lui envoyoit chaque mois le sou qu'il retenoit chaque jour sur sa paie.

Il remercioit le ciel d'avoir fourni la carriere d'un honnête homme, en me disant que la probité lui avoit paru le plus beau titre de l'univers. Il m'interrogea à son tour, en m'avouant que la forme de mon habit l'avoit beaucoup étonné; qu'il crut d'abord que j'étois un religieux, quoique ils ne soient pas en état de faire d'aussi riches présens.

Dès qu'il sut que j'étois Indien: Indien, s'écria-t-il, & vous venez de si loin, pour faire de bonnes œuvres? Voici le moment, ajouta-t-il, ou je regrette de n'avoir pas de quoi soutenir ma noblesse, parce que j'aurois le bonheur de vous revoir.

Vous ne me connoissez pas, lui dis-je, & pour vous prouver que la misere ne me fait pas peur, & que je regarde avec autant de considération le pauvre sous ses haillons, que le riche au milieu de ses dorures, je vais dîner avec vous.

Il vint un traiteur qui mit la table, qui la couvrit de mets, &, près du bonhomme avec sa femme & sa fille, je dînai magnifiquement. Le vent ne souffla plus; dès la veille j'avois fait venir un vitrier. Je me souviendrai long-tems d'un pareil repas. On pleuroit d'alégresse; on se parloit comme si l'on s'étoit toujours connu, de sorte que rien ne ressembloit à cette petite fête.

Hélas! dit la bonne mere, c'eſt dommage que cela nous arrive la veille de notre mort, mais du moins en fermant nos yeux pour jamais, nous ouvrirons pour toujours nos cœurs à la reconnoiſſance; car, je crois, ajouta-t-elle, que les bons ſentimens durent autant que notre ame qui eſt immortelle.

On couroit au ſpectacle comme nous finiſſions de dîner, & je diſois en moi-même : Le voilà le grand & vrai ſpectacle où l'homme devroit ſe rendre chaque jour. Il y en a des répréſentations dans tous les quartiers de Paris ; mais on aime mieux aller voir couler des pleurs chimériques de quelque perſonnage de la fable, que d'aller recueillir les larmes d'une famille infortunée.

Lis cette lettre à mes femmes. Elles ont l'ame généreuſe & ſenſible. Elles reconnoîtront à ces traits,

leur

leur amant & leur époux Zator. Je
ne puis fouffrir les prôneurs; je ne
me prône pas moi-même, mais quand
il s'agit de fecourir le prochain,
je m'en glorifie, parce que l'homme,
fût-il monarque, n'eft rien fans cela.
Tu partages ma joie, j'en fuis fûr,
& tu penfes bien que ce n'eft pas
la derniere fois que je verrai notre
famille indigente.

Paris, 1788.

LETTRE CXCI.

A Glazir.

CEUX qui ont actuellement cent ans, & il y en a bien peu fur la terre, n'ont pas vu ce que je me propofe de voir en reftant ici ; des états-généraux. On ne les connoît que par l'hiftoire, les derniers s'étant tenus fous le regne de Louis XIII.

Un François, lui-même, me dit hier : Il n'en réfultera que de belles phrafes & de grands dîners ; & j'ofai lui répondre qu'il ne connoiffoit pas fa nation ; qu'autant elle étoit légere dans les converfations, dans les écrits du jour, dans la maniere de s'habiller & de fe meubler, autant elle étoit ferme & robufte, quand il s'agiffoit de foutenir l'état & de fecourir fon Roi ; que j'attendois cette époque comme une grande leçon de patriotisme que la France alloit donner à l'univers, & que Louis XVI s'assuroit, par cette généreuse résolution, les éloges de tous les siecles à venir.

Notre homme fut un peu déconcerté. Il est sans doute ridicule qu'il y ait des êtres de cette trempe. Comme je m'en plaignois, un chevalier de St. Louis, plein de bon sens, me dit : Ah! monsieur, que je vous sais bon gré d'avoir si bien parlé! Le Palais-Royal est la source de tous ces mauvais propos. C'est là que des millions d'êtres inutiles se rassemblent à toute heure pour faire les beaux esprits & pour censurer les édits, les arrêts, les réquisitoires, enfin tout ce qui émane de l'autorité.

Il me fit la grace de me raconter, à ce sujet, qu'un pere, rempli de raifon, arrivant de province à Paris, fe rendit fur-le-chanmp au Palais-Royal, où il favoit que fon fils dogmatifoit chaque jour contre la religion, n'approuvoit rien, critiquoit tout & fe faifoit écouter.

Il le joint au milieu d'une petite cotterie, dont il s'étoit établi chef, & au moment où il ofoit critiquer le journal de France, ouvrage périodique, compofé par l'écrivain le plus honnête, le plus laborieux, le plus inftruit.

Eh ! bien, meffieurs, dit le pere en élevant la voix, c'eft donc là celui que vous avez choifi pour votre oracle & pour l'arbitre de vos jugemens ? Je vous déclare qu'il n'a rien fait dans fes claffes ; qu'il ne pourroit pas écrire quatre phrafes ; qu'il paffe pour ftupide dans l'endroit où il eft né ; qu'il n'a de la fcience & de l'efprit que depuis trois mois

au plus qu'il fe trouve ici ; qu'il
ne fe connoît ni en hiftoire, ni en
profe, ni en poéfie ; qu'en un mot,
on n'en a jamais rien pu faire, parce
qu'il y a négation chez lui ; pouvez-
vous être ainfi la dupe d'un igno-
rant qui n'a que de la hardieffe &
de l'orgueil ? Effectivement, dirent
les jeunes gens fur lefquels il avoit
pris un empire ; nous croyons que
le pere l'a bien jugé. Ils fe rap-
pellerent quelques inepties qu'il leur
débitoit; ils leverent le fiege, & on
ne les revit plus avec ce plaifant original. — Il y a des jeunes gens au
Palais-Royal, comme par-tout ailleurs, qui jugent bien. Adieu.

Paris, 1788.

LETTRE CXCII.

A Glazir.

Je me promenois dernierement autour de la ville, dans de vastes allées qu'on nomme Boulevards, lorsqu'il y avoit une multitude innombrable de voitures & de personnes de toute condition & tout âge, qui les voyoient passer.

Frappé de la beauté des équipages & de l'élegance des femmes qui les occupoient, je ne cessois de demander leurs noms & leurs qualités, persuadé qu'elles étoient, au moins, des duchesses; & l'on ne cessoit de me répondre: Ce sont des femmes entretenues; mais celle-ci, reprenois-je, qui montre une riviere de diamans? Fille entretenue. Mais celle-là, qui a des laquais si magni-

fiquement galonnés ? Fille entretenue. Mais enfin, cette derniere
que j'apperçois là-bas, & qui se fait
remarquer par de superbes panaches ?
Fille entretenue. Il n'y avoit exactement que cette espece dont l'éclat
éblouissoit la vue, tandis que les
femmes de qualité ne se faisoient
distinguer que par de vieilles livrées,
de vieilles armoiries & de vieux
chevaux.

On m'apprit que les entreteneurs
couroient ces promenades à pied,
& que, se retrouvant le soir en
tête-à-tête avec leurs bonnes amies,
ils leur reprochoient vivement tous
les coups-d'œil qu'elles avoient pu
donner à des jeunes gens; qu'il en
résultoit les plus bruyantes scenes ;
qu'on s'invectivoit, qu'on se brouil-
loit, qu'on se raccommodoit, &
qu'enfin la vie de la plupart des

gens à la mode se passoit aussi pi-
toyablement.

Conviens , mon ami que l'amour
seroit bien à charge, s'il n'avoit que
de pareilles douceurs à procurer , &
qu'un homme est bien fou, quand
il vient à perdre sa fortune , sa réputation , son épouse , pour des
passe-tems aussi rigoureux.

Je suis désolé , me disoit un jeune
duc , d'entretenir une mégere que
je n'aimai qu'un quart-d'heure dans
ma vie, mais c'est le ton , & s'il
me falloit quitter celle-ci, j'en pren-
drois une qui ne vaudroit pas mieux,
& qu'il faudroit meubler tout à neuf.

Tu me diras qu'on auroit bientôt
tari la source de ces scandaleuses
profusions , s'il étoit défendu à ces
sortes de femmes , sous peine de
prison , d'aller dans d'autres équipages que des brouettes ou des
fiacres

fiacres; mais on répond que le luxe en souffriroit, & qu'il est un mal nécessaire dans un vaste royaume ; que le marchand ne s'embarrasse pas si la femme qui achete est honnête, il lui suffit qu'il vende. Il y a tant de choses à considérer dans la manutention d'un gouvernement, que les particuliers qui n'en connoissent ni les avantages, ni la marche, ne peuvent raisonner qu'au hasard sur cette importante matiere.

A-t-on augmenté le nombre des Cipayes, comme on l'avoit projetté? Conserve ta santé: c'est un bien que l'Eternel nous a donné, & qu'il ne nous est pas permis d'altérer. Je suis toujours dans l'habitude de veiller. Il y a de la vanité dans cette maniere de procéder, car tous les monarques, étant alors sans action & presque sans vie, je me regarde comme leur souverain. L'orgueil ne perd abſolument rien de tout ce qui peut entretenir ſes chimeres. Mais une vanité qui n'eſt point idéale, c'eſt l'amour-propre que me donne le bonheur d'être ton ami. Adieu.

Paris, 1788.

LETTRE CXCIII.

A Glazir.

Tu me demandes ce que c'eſt que la Baſtille, dont on a tant parlé; je te réponds qu'il y a quatre choſes redoutables en Europe, le Mont Véſuve à Naples, l'inquiſition à Madrid, l'exil en Sibérie, & la Baſtille en France. Adieu.

Paris, 1788.

LETTRE CXCIV.

Solime à Zator.

J'ai épuisé toutes mes prieres & tous mes vœux à force d'invoquer notre divin Prophete pour qu'il te ramene promptement. Je ne puis plus exister, si tu ne viens consolider ma vie. Elle m'abandonne de toutes parts, & l'abattement dans lequel je me trouve, est l'avant coureur de la mort qui me guette & qui n'a plus qu'un pas à faire pour me suffoquer. O Zator! ô Solime! que fîtes-vous l'un & l'autre quand vous voulûtes vous unir, puisque ces liens devoient être si-tôt rompus? Tant d'intervalle & tant de distance qui nous sépare; non, je ne puis plus y tenir!

Eh! que ne me dis-tu que tu re-

nonces pour jamais à mon commerce ;
que tu as repris ton cœur, & que
tu te repens de me l'avoir autrefois
donné ? je ferois moins malheureufe
que de vivre dans l'incertitude. Tu
en fais trop pour que je t'aime ;
tu n'en fais pas affez pour que je
te haïffe.

Mon ame flotte comme une na-
celle fur une mer vagabonde. Tous
les vents m'agitent, excepté celui
qui pourroit te ramener. Si le généreux Glazir ne nous donnoit de
tes nouvelles, nous pourrions te
compter au nombre des morts.

Voici la derniere que je t'écrirai,
fi tu ne m'apprends ton retour. Elle
eft imbibée des larmes de mon défefpoir.

LETTRE CXCV.

A Glazir.

On me mena hier chez la femme à la mode , chez la femme du plus grand ton , une marquife , qui , par fon langage , par fa beauté , par fes manieres , tourne toutes les têtes & fixe tous les cœurs.

Elle n'a que vingt ans , & à peine l'avois-je faluée , qu'elle me dit : Point de contes Orientaux à me préfenter ? Eh ! comment , aimable étranger , pouvez vous venir me voir fans cette pacotille en main ?

Je voudrois apprendre l'Arabe dans quinze jours. J'efpere de votre complaifance que vous voudrez bien m'en donner quelques leçons ; j'y facrifierai trois quarts-d'heures par jour ; l'un fur les deux heures après

midi, moment où je me leve, l'autre
fur les fix heures du foir , après
mon café , l'autre fur les dix heures,
après la comédie Françoife, ou après
l'opéra.

Mais l'Inde vaut mieux que Paris ?
c'eft déja beaucoup plus grand. Je
fuis fâchée de ce que les éléphans
n'y font pas plus petits. Je n'ai jamais aimé les groffes bêtes. Je ne
veux pas que cela paffe le volume
d'un papillon ou d'un colibri.

Votre Hider Aly étoit un grand
homme. Vos villes ont des noms
ridicules ; on n'en peut pas retenir
un feul.

Votre religion n'eft pas amufante
pour les femmes. On dit que vous
les renfermez. Paris vous paroît joli ,
n'eft-il pas vrai ? J'ai une paffion ro-
manefque pour vos mouffelines &
pour vos étoffes. Il faudroit vous
abonner avec des marchandes de

modes, qui feroient mieux vos bonnets : cela feroit plus élégant. Vous
me ferez le plaifir de dîner un de
ces jours chez moi ; dîne-t-on dans
votre pays ?

Puis elle dit un mot à l'oreille
d'un élégant qui ne fit qu'entrer
& fortir ; puis elle baifa un chien ;
puis elle fortit en me faifant la
plus gracieufe révérence ; & puis je
m'en allai.

L'on m'affura que telle eft la converfation de toutes les petites-maî-
treffes. Adieu.

Paris, 1788;

LETTRE CXCVI.

A Glazir.

RIEN de comparable au Pont-Neuf. de Paris. C'eſt le rendez-vous de toutes les nations. Il n'y a que ceux qui redoutent la rencontre d'un créancier, qui n'oſent y paſſer.

Je ne ſuis plus ſurpris d'y avoir apperçu l'autre jour ce bon pere Jéſuite que je connus à Goa, & dont je te parlai ſi ſouvent. Perſonne ne fut plus digne que lui d'être membre d'une ſociété où les vertus fleuriſſoient comme les talens, & où la jeuneſſe étoit parfaitement bien élevée.

Nous nous embraſsâmes avec tranſport. Il retournoit à Rome, où il habite maintenant. Il me fit la grace d'accepter un dîner, & ſa conver-

sation , vraiment lumineuse , me
ravit. Il avoit essuyé bien des orages,
mais sa soumission aux ordres de
la Providence , l'élevoit au-dessus
des revers.——Il me fit présent de
l'évangile , me faisant promettre de
le lire , & je le lui promis. Je rem-
plirai d'autant plus volontiers ma
parole , que notre prophete l'avoit
lu plus d'une fois , & que c'est un
livre divin rempli de charité.

J'ai vu l'Indienne dont je crois
t'avoir parlé. Elle est de la Côte de
Coromandel. Elle fut enlevée par
un Renégat qui se disoit riche ,
& qui n'avoit presque rien. Une
dame puissante la prit ici sous sa
protection. Notre entrevue se termina
par nous dire quelques paroles du
pays.

Je visitai encore hier la famille
indigente , car personne n'est plus
ingénieux que moi à se procurer

du plaifir. Celui de faire du bien, eft une volupté facrée, qui émane directement des cieux, & qui divinife en quelque forte l'homme, en ce qu'il l'affocie à la Providence même de l'éternel.

Je ne t'ai point encore parlé des jeux. De prétendues baronnes & comteffes en tiennent de publics, pour foutenir les titres qu'elles fe donnent. C'eft-là que fe raffemblent ordinairement tous les vices & toutes les intrigues. Adieu.

Paris, 1788.

LETTRE CXCVII.

Glazir à Zator.

JE ne puis tenir à la demangeaiſon de te raconter une aventure telle qu'il n'y en eut jamais, telle qu'il n'y en aura plus. L'affaire eſt arrivée à Dindegull ; il faut en avoir été témoin pour la croire.

Un negre de la côte de Guinée, follement amoureux d'une femme qu'il n'a fait qu'entrevoir, projette, pour s'en rendre maître, d'aſſaſſiner ſon mari. Il s'informe du caractere de l'un & de l'autre, & lorſqu'il ſait que l'époux eſt l'homme le plus tyrannique, la femme la plus ſimple, la plus ſuperſtitieuſe, il exécute ſon barbare deſſein.

Une rencontre qu'il épie & que la nuit lui rend favorable, lui préfente l'occafion de commettre fon crime & de fe glisfer chez la femme qu'il trouve prefque endormie.

Je fuis, lui dit-il en l'effrayant, votre malheureux époux ; le ciel , pour me faire expier mes fureurs & mes torts à votre égard , m'a donné une autre taille , une autre figure , une autre voix , & m'a rendu noir comme les negres mêmes. Si j'ai perdu du côté de la couleur, j'y ai gagné du côté du caractere. Frappé dans un moment d'une maniere fi étrange , je fuis devenu l'homme le plus tranquille & le plus doux ; vous n'éprouverez plus de ma part que des douceurs , car il m'a été annoncé que fi j'étois encore barbare à votre égard, j'éprouverois une autre métamorphofe , c'eft-à-dire que fur-le-champ je me trouverois changé en pourceau.

O ma chere Zamé ! c'eft fon nom ,

tu ne feras donc plus l'objet de ces
fcenes que ma colere te donna tant
de fois! le ciel a voulu récompenfer
ta vertu & te rendre déformais heureufe jufqu'à la fin de tes jours.

Zamé regarde, tremble, héfite,
& comme elle eft extrêmement foible
& timide, elle fe laiffe perfuader.
Dès-lors le fcélérat l'embraffe, enchanté d'avoir réuffi & de fe voir
l'époux d'une femme qu'il adore, &
qui par une beauté rare eût pu fé-
duire les premiers hommes de l'u-
nivers.

L'époufe ne fe voyant plus avec
un époux qui la défefpéroit, croit
volontiers à la métamorphofe, &
force fes enfans, qui fe moquent
d'elle, à le croire de même. Cela
faifoit le plus grand bruit dans le
pays, lorfqu'après deux mois écoulés,
le negre s'eft enfui chargé d'un riche
butin; il a tout emporté, diamans,

perles, étoffes précieuses, lingots
d'or, & l'on dit qu'il court actuellement l'Asie, commettant de nou-
veaux assassinats, & se donnant,
tantôt pour un messager du démon,
& tantôt pour un envoyé de Dieu.

Les Bramines méritent de pareilles
aventures pour leur sotte crédulité ;
il suffit de leur citer le pouvoir des
démons pour leur persuader les plus
grandes absurdités. Ils vont jusqu'à
prétendre que des esprits infernaux
répandus de toutes parts, n'ont pas
d'autres fonctions à remplir que de
désoler les vivans, & que lorsqu'ils
prennent quelqu'un en aversion, ils
l'accablent de malheurs toujours re-
naissans.

Il y a quelques années qu'on pu-
blioit de toutes parts l'aventure d'une
Bramine qui croyant allaiter son en-
fant, apperçut tout-à-coup entre
ses bras un petit démon cornu qui

lui mordoit le fein , & que lorfqu'elle vint à crier , cela s'évada,
comme une tempête en laiffant une
odeur fulfureufe dont toute la maifon
fut infectée.

Je ris du ridicule que donneroit
cette lettre à nos pauvres Indiens,
fi vos Parifiens venoient à la connoître , quoiqu'on pourroit leur
objecter leurs convulfions qui ne font
pas plus raifonnables, que plufieurs
d'entre eux croient encore de la
meilleure foi du monde.

Il nous manque le traité des foi-
bleffes de l'efprit humain , mais il
feroit plus volumineux que l'Encyclo-
pédie.

Et voilà cependant les êtres qui
ofent quelquefois fe mefurer avec
Dieu & lui demander compte de fes
arrêts. Je t'exhorte à revenir le plutôt
poffible. Tes eunuques, défefpérés de
ne plus te voir, finiront par s'évader,

&

& tu fais combien il est difficile de les remplacer, sur-tout lorsque le maître est absent.

Tes femmes lisent tes lettres prefqu'aussi dévotement que notre sainte loi ; mais des lettres ne remplacent pas un mari ; elles n'ont pas, comme elles le disent, la vertu prolifique qui donne des enfans au monde & des disciples à Mahomet.

Tu sais d'ailleurs qu'un bon Indien doit préférer sa patrie à tous les pays de l'univers, & qu'une longue absence est un crime, à moins qu'elle ne soit motivée par quelque circonstance impérieuse.

Tu vois mieux en dix mois qu'un autre ne verroit en dix années : qui peut donc te retenir ? O Zator ! ô ! mon plus fidele ami, nous qui n'avons qu'une ame à tous deux, nous dont le sang ne coule librement que lorsque nous pouvons nous entendre & nous voir, nous qui nous égarâmes tant de fois dans l'espace en donnant une carriere immense à nos idées, eh! pourquoi ne nous rapprocherions-nous pas? la mort ne nous séparera-t-elle pas assez tôt, sans prévenir ce moment? J'étends mes mains toutes les nuits sur la vaste étendue des mers, croyant te saisir & te ramener.

Douce illusion, mais qui s'évanouit à mon réveil! Eh pourquoi, dis-je alors, n'ai-je pas toujours le bonheur de rêver!

LETTRE CXCVIII.

A Glazir.

PARTIRAI-JE, ne partirai-je pas, quitterai-je Paris au moment de cette époque dont la date se lira dans les siecles les plus reculés ? On fait par-tout des recherches & des extraits; tout veille & chacun étudie, chacun scrute l'antiquité, pour trouver des loix, des constitutions, des exemples qui indiquent la forme de la tenue des états-généraux; auguste & magnifique assemblée où des astres terrestres se mesureront pour ainsi dire avec le firmament par la profusion de leurs lumieres!

Ainsi ne sois pas surpris, mon cher Glazir, si je desire suspendre mon retour jusqu'à la conclusion de ce mémorable événement.

Plus tu auras lu mes lettres, &
plus tu te feras convaincu que Paris
est un monde où les plus petites
manières contrastent avec les plus
grandes idées, où les riens ac-
quièrent la plus forte consistance,
où l'homme inepte devient aussi-tôt
bel-esprit, l'écrivain frivole un per-
sonnage, le plébéien seigneur, où
les fortunes se font & se défont
aussi promptement que les réputations, où l'on ne cite que trop
souvent la conscience pour n'en
point user, où le fat qui ne se com-
plaît qu'en lui-même se reproduit de
toutes parts, où les livres naissent
dans une matinée & n'existent plus
le lendemain.

Souviens-toi qu'en t'esquissant les
mœurs de Paris je t'ai peint les mœurs
françoises, cette capitale étant de-
nue la boussole des provinces.

FIN.